U0919072

那么热，那么冷

王定国作品

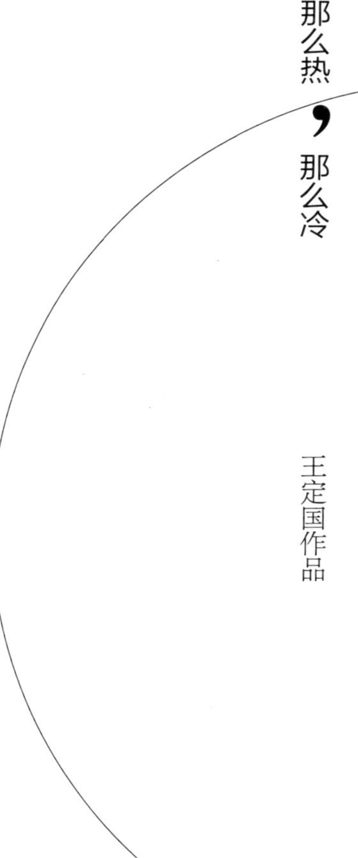

译林出版社

图书在版编目(CIP)数据

那么热，那么冷 / 王定国著. —南京：译林出版社，2015.9
（王定国作品）
ISBN 978-7-5447-5639-6

Ⅰ.①那…　Ⅱ.①王…　Ⅲ.①中篇小说-小说集-中国-当代　Ⅳ.①I247.5

中国版本图书馆CIP数据核字（2015）第155440号

那么热，那么冷
作者：王定国

著作权合同登记号　图字：10-2014-194号

书　　名	**那么热，那么冷**
作　　者	王定国
责任编辑	金薇　姚燚
原文出版	INK印刻文学
出版发行	凤凰出版传媒股份有限公司 译林出版社
出版社地址	南京市湖南路1号A楼，邮编：210009
电子邮箱	yilin@yilin.com
出版社网址	http://www.yilin.com
经　　销	凤凰出版传媒股份有限公司
印　　刷	江苏凤凰通达印刷有限公司
开　　本	880毫米×1240毫米　1/32
印　　张	7.75
插　　页	2
字　　数	141千
版　　次	2015年9月第1版　2015年9月第1次印刷
书　　号	ISBN 978-7-5447-5639-6
定　　价	36.00元

译林版图书若有印装错误可向出版社调换
（电话：025-83658316）

目录

三十年老友，第一次来到舍下，看着窗外的簇亮楼群，听见书房露台的潺潺水声，回过头说，你不可能再写了吧。老友是初安民，两年前的夏天。

那个夏天直到现在，五篇小说陆续交卷，登在他的《印刻文学生活志》；熬夜之间容或得到了雪耻的快意，但也其实难掩一个停笔休耕的作家惭愧的感伤。

虽然没有全职坚守文学的宿愿，全世界却也少有像我背后这样的身影，倘若读者想要了解这样的人何故强行跻身文学世界的孤寂，不妨从最后面的对谈录开始进入这本书。倘若你还是坚持从第一页开始，也能想见你对阅读的执着令人感佩，只是要到多少年之后，我们才因为了解而成为知音。

王定国

推荐序

带着阴影、被阴影带着的台湾人

杨照

王定国其人其作，在这个时代，令人无可逃躲地反映了台湾文学最悲哀的矛盾。

从一个角度看，以他的年纪、以他的资历，尤其是以他这些年在商场上累积的财富，他没有理由要写小说。然而，换从另一个角度看，以他的年纪、以他的资历，尤其是以他这些年在商场上累积的财富，他具备了再完整不过的写小说的条件，不是吗？

用前面的角度看，依照世俗标准衡量，写小说不能带给这个时候的王定国任何东西。他不是个“文青”，不需要摸索自己是不是要走上文艺追求的这条路，小说写得再好，在文学艺术成就上获得再高的肯定，都不可能提升他既有的社会地位，就更不要说稿费、版税，甚至奖金可能带来的物质酬劳了，和他的财富、和房地产开发销售能得到的相比，那真是杯水车薪。

但换从后面一种角度看，以文学创作的标准衡量，王定国的人生已经获得了充分经济保障，再也不需为稻粱谋，可以自由开阔地挥洒。从在法院当书记官，到转行入房地产，他经历过那么多、看过更多，还有，他至今保有年轻时锻炼出来的一支笔，可以娴熟地运用文字、铺排情节、刻画人物，这种人不写小说，那谁该来写小说呢?

然而事实是，我们只有一个王定国，这项事实再明确不过了，在台湾，文学创作的标准如何卑微，而现实的标准相对何等强大，我们还需意外台湾文学创作一直走着歪斜、扭曲的路吗?

台湾文学只能在非现实的领域绽放异彩。当代小说中有着各式各样、光怪陆离的奇想，各式各样、光怪陆离的文字表演，那是成就，但那是太过于朝向耽溺妄想偏斜的成就，那是缺乏现实感的成就。

我不是现实主义的基本教义派，绝非如此，但在我的文学阅读中，我始终渴望比较多元、分散的刺激与感动来源。我可以欣赏想象力的纵放，但那不是文学的全部，毕竟还是有很重要的一块文学价值，来自现实，来自对于现实的感动。

但现实如此艰难，或说，以文字探入现实的多元多样，如此艰难。日常中我们能接触到的现实，人、事、地、物，看起来多么类似、多么不起眼，成长、社会化的过程，就是要教会人如何隐藏，甚至取消所有看起来不正常的行为和情绪，变得和别人都一样。围绕着我们的现实，是漂白、消毒过的现实，是单一层面会让人打呵欠的现实。

但是不管现实再怎么被漂白、消毒，日常生活中却总一定有灵光乍现的某些时刻，或惊骇或哀伤或振奋或背脊发凉地，我们意识到有些无法被漂白、被消毒的黑暗与瑰丽，在现实的表面之下跳着、晃着、挣扎着。

小说的功能，其中一项重要的功能，不就是借由虚构之笔，去挖开那现实表面，将底下跳着、晃着、挣扎着的摄照出来吗？小说赋予作者那么大的虚构权力，读者愿意认真看待他们所虚构的，不就是因为我们毕竟不愿意天真地接受这无趣的现实表面，本能地想要定睛看到、感受到底下那没有死灭的跳着、晃着、挣扎着的什么吗？

王定国把我们带回到现代小说之初始处，还原小说这份现在经常被遗忘了的功能——张开眼睛认知看似平凡的现实底下，藏着一点都不平凡的复杂遭遇与感情。

王定国的小说，写的是人，尤其是在台湾活着的人，如何难以承受不平凡的遭遇与感情，如何将不平凡的遭遇与感情压抑为阴影，让自己还原为一副平凡的面容。即便那不平凡是喜、是乐、是成功，总是倏忽变质而成为不堪的负担，逼着他笔下的主角只能将之埋藏起来，藏成一片记忆的阴影。

每一个人，于是都是带着阴影的人，或更精确地说，都是被阴影带着的人。阴影之所以为阴影，之所以只能被埋藏而不能干脆地抛弃，因为阴影中有着人仅有的不平凡，通常是不平凡的、失格的爱，有过但怯懦地逃开了的理想，为了一时方便而抛弃了的爱人，终日萦怀却突然遗忘的梦与追求，当然，还有，残酷的背叛与被背叛。

阴影不会消逝，吊诡地，因为被阴影带着的生命，离不开阴影。他们努力地埋藏阴影，只为了未来时空中不可测的一刻，阴影会复仇般的浮上来，如老鹰抓小鸡般将人腾空抓起；也为了未来时空中不可测的一刻，当沉入对于生命最虚无的怀疑时，必须自虐地将阴影挖掘出来，才能证明自己真实活过。

一篇篇的短篇，写了一段段的埋藏与挖掘。王定国笔下，没有一个真正心安理得、理直气壮活着的人。虽然他对于台湾社会没有我们一般熟悉的那种批判腔口，然而我们在他小说中读到了一种无可怀疑的地域性，是的，这些都是台湾人，这些都是会发生在台湾的事，因而读完小说集，我们不得不忧伤地反省：由这些不能心安理得、理直气壮的人组成的社会，是怎样一个社会？又是什么样的社会，什么样的历史，制造了那么多带着阴影、被阴影带着的人呢？

推荐序

是那么美好

赖香吟

读王定国小说，愈来愈让人必须中断，停下来。不是因为不好看，是得停下来喘口气，文字带情波涌，点点滴滴一路上涨，险险难以过气。工笔描写太精准，三言两语到位，宛若被掐住无法说出口的什么，或被打翻心底痛而尘封的什么；小说的折磨与给予，王定国深谙其道吧，折磨自己也折磨我们，建筑他的秩序同时拆解你的秩序，可我们同时都被给予了，如果懂得。

关于王定国（一九五五），多年来，就是那几行简单叙述，我知道的没有比那几行更多，甚至迟了时光。七〇年代的早慧王定国，八〇年代的建筑商王定国，我因文学阅读起步晚而不得知，九〇年代忧国者王定国，也因我在海外而错过，真正阅读王定国已经很迟，迟至他已度过所谓“将近二十年没有写过一篇小说”的岁月，《美丽苍茫》《沙戏》里的故事，流水般、素描般，留下了旧时生活的余味，又有那么点不同于时人的孤高，和那时期一起断断续续读着的郭松棻（一九三八），以一种稀疏的轮廓，无伴奏的孤独，吸引了我：要有多少坚持，才能克服舞台上的空旷无情，继续专心且深情地演奏下去。

气息野野，梅雨乍歇，夏蝉初唱，寂寞的心躺在长凳上掩着草帽睡着了；在他的梦里，他最深的清醒里，不快乐并不会痛苦，痛苦也未必不快乐。有人凑近耳畔，狠毒而无理解地说：“我要像你这样，不如去死。”然而，“我强烈感觉若要活下去，就把自己的故事写出来吧”。我曾疑惑，再怎么不堪的环境，那寂寞之心日日摩挲出来的，总该有些微薄而永远温柔的美；俗民俗事，除了刻板戏谑，哀哀自怜，可有其他写法？难道，文学之于我们注定奢侈？真正没有人帮我们写出来？张文环(一九〇九)《夜猿》以降，锺理和(一九一五)，郑清文(一九三二)，陈映真(一九三七)，愈来愈稀疏，有些路也偏了，文学浪潮滚滚，我们难免只能捧读那些扑面而来的，直到，冷寂角落，我读到王定国文字里的山路、溪流、花事、丝瓜藤、山芹菜、苦花鱼：一种“非常孤独寂寞非常忍辱负重的鱼种”，我醒了，感到非常愉快，郭松棻与王定国，让我想起陈映真，却也告别了陈映真，敏感、美好而坚韧的心灵一直都在，有人接棒陈映真走向了不同的路途。

“雨一直没下，但远方有响雷，她用伞尖扣着碎石的滑坡，听来很像一只母鸡啄着泥地的谷粒，很久没有听过这样的声音了，我不禁也扣扣扣地学着她走了下去。”日日包围的地景人文，被小说家的视线切凿出动人、无言以对的深度。王定国明明擅长带我们抵达抒情抽象之境，然而，他的小说世界里没有飘渺，没有西化，就连戏谑也不多，对话温润，低调的美，愈俗常里愈见悲悯：

刚刚看到你爬着小路上来的样子，我就知道你有心事。

小说家细细碎碎，分解自我活在诸多日常生活细节里：扒饭、洗碗、赌牌、倒垃圾，苦海茫茫，“你遇过最快乐的事吗？”“你在害怕什么？”“出院后谁来接你回家？”一切平常的，配对了音，旋律便动了心。一切真的，写进文字里，成了虚的，虚反倒使真更显露出美。王定国总是精细，但他从来没有不要俗味，愈俗愈好，他从俗里看出伤来，看出雅来，看出荒谬，看出面对面的丑陋来。王定国愈近期的小说愈在证明他没有被打倒，小说家既得敏感，又不能被万事万物之丑陋与荒谬打倒，一打倒就什么也没有了。“人性再怎么卑劣都能挽救”，王定国写过如此一句，伟哉斯言，要何等信守文学才能讲出这种话。

有时我这样想：过早写作的人，恐怕不单纯是他在写文字，而是文字如领路人，领他以文字决定的方式而见世界。文字老熟而强势地凌驾于年轻的身体，选中你、穿过你如容器、如统治、如恋人，使人难免怀疑反叛，想用别的方式证明自己，然而逃无可逃，挥之不去；直至活到与它同老，看穿它老熟的道理，明白它并非宰制而是等待，才可能尘埃落定，回到写作的和谐。十七岁开始写作，中年以小说复笔的王定国曾说："摸过文字的人都能体会，生活再怎么多样，到后来还是仅有文学让他魂牵梦系。"魂牵梦系，不像王定国会用的词，但历经金钱、政治与人性的热情与黑暗，掉转回头，也许就是这样简单的觉悟。

复笔第一作《沙戏》明白是个高分的补修。（王定国："回来补修文学，是因为突然觉得自己无处可去。"）一直以来，我在等第二本。近年陆续发表的单篇，绝少让人失望，王定国自己的尺那么严格。若说散文家王定国有一种除不去的诚实浪漫，那么，小说家王定国非常警醒，建筑工艺般的秩序，几乎找不到赘字或虚字，有些时，我觉得他简直是用文字作画，粗细、浓淡、远近都有安排，甚至连情境音韵都顾到，将文字做到一种翻译外语难以探触的情怀与美感。

这些新作看似现了点轻松，其实是愈写愈上手，炼成了精。经验的组接、叙事的语气、情感之虚实倒错，人生因因果果，没有什么不可打散重炼。一个重炼的人，重炼的文字美学，如果说，"生命里终会有个最准确的时刻让他抵达"，王定国读起来愈来愈接近那里。以《我的杜思妥》《那么热，那么冷》来说，王定国愈发冷静如同一块冰，冰到仿佛连痛觉也冰冻了，没有眼泪，没有血迹，顶多来几句嘲讽，给读者透透气，要不就是毫不留情地，将余恋、幻想在几个字之间全部捏碎——这个作者是赌徒吧？赌你敢不敢逆势下注，赌你懂不懂千金散尽，赌你还有多少优雅温柔的筹码？明明写得这样松，情感却那么稠密，明明没有场面，情欲却纷扰不已，种种发泄、放纵、手段、求救、抚慰、骗不了自己的爱的困境，对，王定国从来都在写爱，尽管故事读起来那么无爱而孤独，尽管那么热，却是那么冷。

这些年，包括陈雨航（一九四九），林宜澐（一九五六），几位台湾小说界我喜欢的男性前辈，纷纷回到写作的路上来，再加上王定国，真是令人振奋。虽说文学潮流一路向前，新生代创造力值得观察，可我更感激于前行者加入流变，写出既新也老的作品，因为那是一个点灯作用，文学暗夜行路，前方若有美好的背影，非但不落俗套，还有一种自己到不了的澄明，何等感激，有人懂得，有人走过，写作并不孤独。

“缓开的茶花是种来等待的”，王定国写茶花总不厌倦，众声喧哗，他们不动摇，我们也不动摇，安安静静跟着走，不会错的。

注：标题引自王定国同名小说，后改名《某某》，文中引文来自《我的杜思妥》《苦花》《那么热，那么冷》《沙戏》。

某某

一切只等雨停。下一步怎么开口还那么重要吗？筹备中的花店，提前买花的陌生人，生命中总有一个曾经错过的眼神，只不过迟至今天交会罢了。

1

诊所位在以前下班回家的途中，老旧楼房临着小巷开了个有树荫的窗口。窗口没人的时候他才愿意折进来，有时只是轻微喉头炎，有时皮肤疹，倒有许多次是十几年来除也除不尽的郁闷与烦心又来攀附他的胸口。

从挂号到领药都在候诊的窗下等待。昨天的报纸，上个月的画刊，包括已然冷却的国际头条也罢，尽都幽幽掠过黄昏之前疲惫的眼帘，但这些总比厨房里的锅盘声来得安宁许多。何况坐上了诊疗椅，瞄着几眼看不懂的病历，好像就听得见曾经汹涌过的波涛，那里面有尖锐的痛，有不知何故的哀伤，有着迈入中年后有点活不下去却又不想死的愤懑。

仿佛自己的生命留宿在医生笔下，平常只能借由黄昏片刻前来匆匆一览，然后拖着躯壳慢慢回到家。然而这一年深秋，一个再平常不过的下午，他的轨道突然滑入多年前的瞬间。那时他还抓着报纸哩，起先只听到无助的轻叹，紧接着那声音从斜对角的配药室迸出来，不像一个女人的哽咽却有着骤然忍住情绪的尾音在空中飘旋。

不就是梦里曾经飘荡过的声音吗？虽然想都不敢想，但他还是好奇往里瞧，两名白衣护士的动作如常，旁侧却多了一袭连身的麦色洋装，那声音便是从她背脊发出来的，或者从她斜放在侧肩上颤抖着的长发间。他等着她转身，决定等一辈子也行。他悄然搁下报纸，猛猛咽下慌张的口水，在五点二十八分神迹来到的这一刻，终于瞧见她那紧抿的唇角、那依然黑亮的眼睛、那寂寞的颧骨、那幽幽的神韵、那隐约的……

然后他听见有人叫他的号码。他不知道何去何从。后来他终于听见了自己的名字。他忘了是怎么走进诊间的，落座后还是说不出话来，只能愣愣然朝着大灯张开嘴巴，好像一切都在里面了。那医师两腿夹紧，以为下班前来了个要命的急患，当下探进灯筒，急急咕囔道：很痛吗，是鱼骨头吗？

不痛，也不是鱼骨头。他忘了今天是来看脚的，脚指甲嵌进皮肉里了。那支小灯筒在嘴里绕了两圈后，脚底下好像已经不药而愈。医师退出了他的喉咙，问了几种可能的病征，他只好胡乱漫应三两声。此时不安的眼角旁挡着一堵墙，他索性伸长了脖子望，但这一面的配药室是掩着窗帘的，刚刚那有点哀伤的声息只像流星一般，就那样曳着尾音消失了。他回过头来时，只能怔怔然对着医师，心里沉沉地啊了声。眼前是一张已有纹路的脸，镜片里的眼袋也深了，这个人会是她的丈夫吗？

原来，她在你这里。他心里说。

·

诊所六点关门，最后离开的护士终于开了口。

是医师太太没错，平常很少来，我们叫她芬姐。送礼啊？就是后面公园旁边那间白色有院子的，上面是停车棚。你不是跟我们医师很熟吗？

回家的车速快得出奇，保险杠在地下车道的粉墙上擦出了火花。下了车还跑了起来，忘了要上去的是九楼，平常每次都是瘫靠着电梯厢，才让自己悬吊到半空中。他一口气爬到家门口，发觉心跳也没加快多少，里面的灵魂还沉浸在梦境里似的，唯独他自己在狂喜飞奔。

客厅比平常乱，散落的衣物旁搁着几天前的大皮箱。他妻子朝他瞄了一眼，不太相信自己亲眼所见，叫起了蹲在地上折衣服的女儿。

爸，你怎么了。阿惠转头说。

额头发烫，发下黏稠的汗渍擦也擦不干，有些还流到了领带夹。嘴角还咧着笑呢，若是强要忍住只怕漏出得意的笑声。但他愿意冷却，他知道这需要时间，只要喘口气喝杯水，他这欲言又止的怪模样应该就能恢复原态。他拨开沙发上的衣服坐下，正好对着妻的背影，但这时她的上半身显然又因为他的注视而僵直着，类似这样的动作其实已经很久很久了。

不能气馁，要镇定下来，每次他就是这么鼓舞着。他常会想起许多年前出差路过乡下沙田，从农夫手上抱回西瓜的那个夏天，那西瓜啵的一声被剖开时，红艳艳的汁液四处飞溅，那时的两个新人常笑闹着一起裹在野香里呢。他怀念那些日子，那样的日子是那么美好，每次出差回来他都会拎个小礼物，不值钱但还算贴心的，他掩在背后、藏在夹克暗袋，或者收在伞骨里，他想看的是她的笑颜，让她捏他捶他，哪怕逐渐听她开始抱怨这个、抱怨那个，最终也只是嗔声顿顿足，把什么怨气都一起埋入他的怀抱中。

他清清喉咙，并不因为没人理会而痛苦，衣服打包后就会出发，就像婚姻来到裂口就会挣扎一样。但他认为这样的阴霾是要过去了，今天下午的遭遇是那么神奇，不就是上天暗示的旨意吗？他真想搬个凳子从背后绕到她面前，就从三十年前说起，说得多细腻都可以，夫妻间的了解太少，所以他只好说得更多——譬如命中注定，他就是为了这个婚姻才出生来到世界的。这么说太矫情吗？是虚华无度的世界再也无法容忍的真情吧？

如果她不想听，只想知道谁能证明他是这样的人，那也无妨，他要说的不就是那个让他从迷惘中走出来的女人吗？而现在他要说的是，他终于看到她了。

为了打开话题，他起身蹲到女儿旁边，抓了几件书纸拢在一起。

爸，你不要动，你这样越帮越忙啦。

他只好把刚刚拢好的东西搁下，想想又按着原状把它散开了些，这才发现满地衣物已经泛滥成灾，下半辈子要用的好像都在眼前了。

这时候的妻子总算直起腰，眼睛落在他脚上，临时起意似的丢出话：日本机票敲定了，下礼拜三，看你到时候要不要载我们。

他没说好或不好，这不是他要的主题。日本是几个月前开始酝酿的行程，女儿要上立命馆大学，做母亲的虽说为了照应上的需要而做准备，越洋电话却说得有声有色，聊的尽是雪景、山寺、住屋山脚下看不完的河道樱花；听说对方是从台湾嫁过去的远房表姐，由于继承了大片商用不动产，手底下正缺个管账的名额。

以后，我就住在那里了。那天晚上她就这么说了，好像尽了告知的义务。

原以为还能慢慢挽留，接下来的日子竟然没有一天可以坐下来商量。如今连出发时间都已说定，这样的氛围显然已经没有自己的空间。他默默绕到厨房，餐台上只剩着午前的杯盘，那里连灯也没开，整个家只亮在三只皮箱那地方。他搭不上话，吭不出声，果然从头到脚慢慢冷却了下来。

自顾忙了整夜的她，好似想起了这件事才进房来：我们出去以后，这房子变大了，是不是趁行情好赶快换一间小格局，你也好整理。你说呢？

我说呢？我说个故事给你听吧。揣测着，犹豫着，总觉得还没开口已经把话说完了。

一阵哗啦水声过后，她拉开浴室门，搓捞着湿淋淋的头发，一边对着镜子说：回来那么兴奋，找到了工作吗？什么好事让你碰到了？

问得并不真诚，也许只为了让他有机会吭声。

但他愿意就范，他不再思索，冷冷说道：老情人。

她突然对着镜面哈出一大口气。但感觉上，更像是对着他的人生吧。

随后就静默下来了，两个人各自躺下，分占着东西两边墙底。和往常一样，两具躯体直挺挺对着天花板，直到熄灯之后才听到有人轻轻翻身。

但今晚的妻子躺了很久竟还醒着，突然幽幽问道：长得好看吗？

黑暗中，任何一点点声息都是清澈透明的，即便只是呼吸，或一声紊乱心跳，或一道伤痕裂开。他把两手交挂胸口，眼睛从漆黑的世界睁开，感觉到嘴角好像因着用力抿紧而快要哽咽起来。他忍住半晌，虽然已经不想表白，但此时此刻却又很想听听自己的声音。

非常美。他说。声音沙哑，宛如赞叹。

2

他把车停在反向的街边，预留了三个红绿灯的距离，决定步行。

沿路枫香尚未转红，却已有早凋的落叶飞舞在凉风中。他戴了帽子了，也压深到眉间，只剩惶恐的两只眼睛平视前方，听到什么突兀车声才猝然抬起仰角。他为这样的行径感到悲哀，并不光明磊落，也还没想好应对的台词。他不打算多说一个字，不会叫出她的名字，也不会在她的生活中扬起任何一粒灰尘。在刻意绕行的这段路上，他只想着到时该要怎么做才能让她站在眼前，让今生第一次的面对面，终于出现在这一天。

但他更担心着突然变了调的场景。她在晾衣的阳台上，而他只能远远地挥动他的帽子。她透过对讲机离谱的幻音告诉他，我们不需要任何任何我们不需要的东西。或者她还在延续着那声哽咽，一个人蜷缩在床头，为着外人无法揣测的悲伤。这不就是最让他痛心的吗？

红灯口，前面一下子停了几双脚，从快车道后方赶上来的救护车仿佛正要穿越天空。恍惚间，曾经有过的剧痛这时突然又开始袭击了，从两边太阳穴钻进，汇合在脑干中心，然后猛烈交火。他退到旁边一棵黄脉莿桐下，在脚边搁下了公文包，一直等到脑海里的阵仗缓慢消退，嘈杂的市声重又灌进耳膜，他这才慢慢睁开眼睛，但视线都模糊了。

回去吧，他试着问自己。是的，突然不知所措的这种心情，让他终于又像个孩子般迷惘着了。他不禁又想起了自己的影子映在泥地上的那个深夜，走在前面的母亲慌张叫唤着他的声音。

那天正是元宵节，穷乡孩童们群起出动的灯笼夜，人人凭着手上的彩光探路，尽找平常最暗的地方探险，等到穿街过巷的人影逐渐群集，最后的重头戏便是大伙儿鱼贯溜进小学操场，各自举出闪亮的灯笼偎在一起相互较量，然后趁着谁起哄便纷纷甩翻自己的烛芯，让一个个着火的灯笼在刹那间烧亮夜空。

他不玩这个游戏，因为自认没有参与笑闹的本领。他每天走三十分钟去学校，每天走四十分钟回到家，中途他蹲在市场的鱼摊旁，那里是捕鱼的父亲曾经挥刀剁鱼的地方。他看着刚靠岸的海鲜活蹦乱跳，听着满嘴槟榔的贩子喊价喊到嘶哑，每天多出来的十分钟他就是等着买卖中的空当，机会来了他便趁机插嘴问：船都回来了吗？然后对方也会跟着漫应道：船都回来了。

那天晚上他没有找人结伴，连灯笼都没提，两手始终交挂在背后，当亮晃晃的火光熄灭下来时，一颗恶作剧的石块突然从空中直落在他脑袋上。他捂着头从黑幽幽的校园跑回家，起先躲在灶房，后来因为害怕才蹑手蹑脚地上了睡榻，直到半夜醒来的母亲发现他已缩成一团，猝时惨声大叫，把他强拉到一枚灯泡下察看，那时濡湿的发毛下已经鼓起囊泡，如初生的粉红蛋壳般。母亲来回踱步，瞧了几次挂钟叫着：你要死啦，这半夜哪有医生。

他跟在母亲后面左弯右拐，天上的月亮一路照见黑暗的招牌，在不得不折返的岔路上，母亲忽然停在一户黑瓦屋舍的门阶下。这种人家，一定有麻油。她说着，立即跳上台阶按响了门铃。他没跟上去，羞愧地躲在树干下，看见频频弯腰的母亲吃力地解释着，那开门的妇人远远瞧着他说：麻油有用吗？我去拿红药水。

妇人转身间，原本挨在门后的暗影终于勾出一张女孩的脸，她眨着惺忪的睡眼忧愁地瞧过来，两只眼睛慢慢从细长睁到圆亮，像颗独特的夜星在漆黑的大地找到他。当母亲拿到了红药水，而前面两扇大门重新关上后，那星星并没有离开他的眼睛，她突然从侧边冒出脸，攀在上头砌着玻璃倒刺的边墙上，手里握着一个小瓶子，朝他招喊道：给你，给你麻油。

然而在那一瞬间，她突然踩空了脚下的凳子，整个上身倏地滑落到黑暗中，伫在墙外的他只能焦急地听着里面的尖叫声。如果他没有离开——三十年后他还是这么懊恼着，如果当时情急之下把门敲开，也许还能适时地向她道歉，也向她致谢吧。但母亲显然是吓坏了，如今已然过世的母亲，当时就是这么催促着的：回去吧，喂，回去吧……

·

当他终于来到公园，看到了那护士指引的白色房子，才知低矮的房屋四周难以藏身，仅有成排的黑板树高高立在退缩的人行道上。他只好走快了些，顺着小区环带绕过一圈，然后转进无人的巷弄，却又觉得狭道无比细长，走两步又退了出来，惶恐地想着前方要是有人进来，偏偏就是那梦里来梦里去的匆匆照面，而自己还没准备……

其实也不明白自己能准备什么？一句话都说不出口的情愫，已经让过去的二十个小时未曾进食。像隐疾缠身一样的思念就是这么掳住他的，原本已经痊愈了的自信，竟在诊所里的匆匆一瞥中瓦解，一下子就被那声哀伤的叹息所吞噬。

在他认为，任何人的哀伤都不能出现在她身上，连一丝愁绪都不能。因此，他觉得自己应该出现了，即便她已遗忘或者全然陌生。她应该体会得到这种思念的力量，当她从小女孩开始蜕变，从天真活泼早熟缄默然后历经一切的甜美苦涩与忧伤，并且流下女人的第一滴泪水，这漫长的旅程中其实她不孤单。

他在元宵隔日灰蒙蒙的清晨，已经瑟缩在她家附近的隐蔽处，那时只想知道摔落墙下的她是否安好无恙。当然，后来他失望了，左手扎着纱布的她，穿着同校制服，让她母亲牵着手从院子里走了出来。

他开始在每次的下课铃声中奔跑，越过泥灰漫天的操场，然后匆匆止步，缓缓走过低年级教室的穿廊，眼睛未曾直视，两手几乎垂到膝下。

他期待每天的放学，趁机夹在陌生的编组中，宁愿多绕一条回不到家的小路，只求走在最前面的黑裙子偶尔传来一串铃子般的笑声。

他熬夜完成第一张短短十九字的纸条，潜入假日无人的教室，藏在她那可爱的第三排二十五号桌。他等待那张纸条的回音，一直等到第二年的夏天。

那个蝉声大作的暑夏，他的耳朵有时忽然听不见任何声音，或者有时因为拒绝，不愿听见而终于听不见任何声音。她们搬家了。在他认为，这是他在这世界上最不想听到的了。母亲为了就近观察他的异状，连洗衣服的大清早都把他带到河边。下午带你去拜拜，你要乖乖跪着，求妈祖保佑平安，听到吗？母亲抓起衣服就着水面上的大石头捣了起来，肥皂的泡泡迅速被带到尾处的石滩，一溜烟就滑落到下游的深潭。他看不太懂母亲翕动着的唇语，只见她的头发因用力而垂乱，几乎盖住了快滴血的红眼睛。他别过头，掀掉上衣后涉入浅滩，突然来了个轻轻的潜翻，整个人倒立起来，小小的脸孔埋入清澈的溪底，让两行眼泪适时地淌在溪水中。

尽管日常生活断了弦，他也不曾离开她，他用铅笔写日记，写到短短的笔头陷入右手虎口，觉得好像那样紧紧地撑着笔心便再也不会失去什么，一直到后来改用了圆珠笔，已经是第五本日记中所记述到的冬天。大学联考前最后的冬季，一个在都市的省中念书的学弟回到镇上，带来的是一张张从校际联谊活动拍下来的花絮剪影，那时她已考上一所绿衣黑裙的女校，照片中的她微微笑着呢，有几张还特别对着镜头淘气地吐着舌头。

他自己的大考并不顺利，但填写志愿时的困扰完全没有。他用她所在的城市作选样，为了不再离开她，把第二志愿填入冷门科系也在所不惜。后来他果然成了药学系的新人，假日的公交车上他两手扒着车窗频频张望，两只眼睛对着向往的城市射出小鸟般的惊奇。他还常常徒步经过那间有名的女校，踩着人行道上的落叶就觉得无比浪漫，有时刚好校钟响起，仿佛听到了生命的乐章，周遭的一切让他愉快又伤感。

几年后他在大学榜单上找到了她的名字，似乎那是如她所愿的学府，远在两百公里外的北部。但他突然发现自己已经不再悲伤，生命会照着自然的程序走，她也是，她走在路上的身影是那么优雅，她对人微笑打招呼说再见，在躲雨的街廊下脸上还充满欢喜，在校际演讲比赛中即便忘词也懂得颔首以对，仿佛原谅着刚刚走得过快的时间。她是如此这般非常适切地活在她自己的世界中，也非常平安地活在他的心中。

他慢慢体会到，也许这就够了，每个人一生中都有一个恋人，即便永远不再出现，也永远不会消失。凭着这样的一种幸福感，他以优秀的成绩毕业，拿到入伍令时内心充满感恩之情，然后经过婚友社的慎选，在法院的礼堂里泪流满面地握紧了现在的妻。

他唯一不明白的是，在他终于步入中年的此时此刻，为什么她忽然出现在那个伤心的窗口，并且在同一天的夜晚直接来到他的梦中。

一阵放学高峰过后，吱喳跳跃的声影已渐稀疏，几户人家提早开了玄关小灯，附近看起来还在观望的门户，提防着他的伫足似的，眨亮了一下，又赶紧闭了起来。

他等待的那间房子，庭院里的暮色似乎特别浓，车位是空着的，里里外外毫无动静，连窗子也紧闭着。他还没有去按门铃。他认为，他与她之间不应由一个奇怪的开关启动吧？他不想进入，何况为时已晚。他想要的景象，是他刚好路过而她倚在门边，是寂寞天涯下的偶遇，却也是命中注定的相逢。那么，也许他应该佯装讶异和无穷惊喜，轻松地表明身份，当然也就很自然地说起那天晚上，她为他爬上了墙头……

后来一想，他并不为这样的搭讪而来，事实上不该来。他们应该是在约定的时间一起出现，彼此怀着类同的心事，以便看起来并非萍水相逢。但这又为了什么呢？

当他退回公园，决心穿过捷径回到原地取车，一群刚从户外舞课中解散的女人，三三两两朝着他的方向走了过来，而夹在那里面的，那既陌生又熟悉的身影突然出现了。

那么，再也不必闪躲了吧。他鼓起勇气摘掉了帽子，呼吸在微颤中凝止，却发现她常有的微笑已然消失，眼睛只顾看着地上的草皮，而错落在草皮上的石板在接近他这边时刚好转了向；一个恍惚间，人已经走出了栏杆外。

他随后跟出去，但已看不见她的身影，正陷入似真如幻的迷惑中，没想到公园转角的另一头，她却又独自走过来了。是为着缓解沉重的心思才刻意绕路的吗？穿着白色七分裤，小腿下一双平底白鞋，她边走边拢着头发，用类似发夹的东西将它束放在右肩，光滑的颈子仿如百合绽现，白皙的肌肤倏地浮荡在暮色中。

在逐渐逼近的脚步声中他突然害怕起来，他低下头，看着白鞋从眼底慢慢走过。

3

出境处的风，好像特别冷。他在心里自嘲着。十二月还没到，第一波寒流已提早来袭，兼着有点雨势，雨突然停下来时反而更觉冷清。

大厅里倒是热闹得很，电子栏随时翻转着谁来谁去的航班。四处涌动的人潮中，要出去的特别轻盈，送行的似乎迟缓些，有人从头到尾抱着胸，仿佛只等对方进了通关门，才愿意挥动那只手。

他把手贴在她肩上，见她一动不动，只好继续放着，像一粒水饺搁在冷碟里。阿惠上厕所，他趁机对着肩膀说：你早一点回来吧，我会天天等。

他还想说，他的胃已经痛了很久，睡都睡不好。

还有，头痛也是，有时晕眩到模糊一片，看到的任何东西都变成影子。

午后的飞机在雨中准时起动，飞过停车场的上空时，像只巨大的鹰瞄了他最后一眼。然后他坐在未发动的车子里开始哭泣，想着自己为什么连一句内心话都说不出来。

当年在婚友社举办的联谊餐会上，他的健谈与幽默可比酒杯里的香槟泡泡还要多。那时他已经是一家大制药厂的副课长，领着手下八名业务尖兵，在挥汗的六月天穿着西装制服四处出击，连还在午休中的乡村小诊所都不放过。当他雄赳赳地说着自己的拼劲时，坐在他面前的对象频频点头，手上的刀叉完全无暇启动。

长发披肩，发细如丝，刘海染着蜂蜜的颜色。她是个美女，他告诉自己。于是他越说越起劲，花了整个下午把他十年后的愿景描绘得栩栩如生。未来，我的目标是国际药厂，拿到总代理后就能够安枕无忧。

我最近才跟男朋友分手。她说。

噢，他应了一声，看着她有点浮肿的上眼皮，似乎见面前的几分钟才刚把眼泪擦干。

他慢慢缩回原本盘踞桌面的两只手，刚刚比手画脚的那片梦中江山已如泡影般消失。在那有点突兀的瞬间，既要揣测对方语意，也得说出几句合宜的下文，正那样思索着的时候，美人站了起来：我也知道，说得这么白很没礼貌。

他跟在她后面，过了半条街，忽然觉得她的孤单背影其实很像他自己。这也不算什么丢脸的事啊，他的嗓音嚷在街声里，而她越走越快了。为了挽回她的名誉，或者也为了振奋已经重新出发的自己，他跨了几大步，像捉小鸟般抓住了她的手，从此决定了这一生的婚姻。

那段新婚日子，两个新人全身毛孔天天敞开，清新无比的空气有时带着花香有时仿如来自海洋。他们各自把记忆卸除，每天黏在一起吃饭睡觉，连邮差送来急件也懒得应门。她的身材曲线匀称，浑身动荡着蛇一般的狡猾气息，床上的韵律宛如急弦慢管交错，随时会在应该轻声细语的时刻突然发出忘我的叫声。

因此她怀孕的讯息也来得特别早，微喜中带着一阵错愕，有那么一种两人的厮混关系突然被人发现了的不甘。他虽然不这么想，但他看出了她的绝望，好像被一个欢乐中的世界驱逐出场。她的话语逐日减少，也说得非常简短，再也听不到轻柔的尾音飘扬在空气中。静默中的新家仿佛正在进行某种噤声的仪式，他蹑着脚尖经过客厅厨房，每晚紧盯三个小时的无声电视，算准了间距便走进房间安慰一下她那隆起的肚皮，然后让她有机会斥骂他。

急着出世的女儿赶在第二年的春天报到，随后他的主管职务也开始跨区延展，每天抢着大早出门，有时到了深夜还在出差的旅途中。值得庆幸的是她的性情温和了许多，除了小宝贝的哺育有她母亲代劳之外，也因为从镜子里重新找到自己的原貌而终于露出了笑颜。

但她不再是刚开始的那个美人了。尽管身材曲线依然姣好，那股恨不得赶快把身上衣物全部撕开的野劲早已消散不见，她拖时间上床，逗留在厨房里用尽全身的愤怒把杯子搓破，一直到后来终于妥协般躺下来时，她的身体毫不袒露，两眼直视上空，好似含着一股悲切的意志准备出卖自己的灵魂。

无法忘怀的是那个睡不着的深夜，黑暗中探手摸了过去，刚开始那静悄悄的身躯给他带来了默许，于是慢慢将她睡衣的扣子轻轻解开，一切看起来完美刺激，何况在那撩拨起来的欲念中她也跟着蠕动了。他强压住自己的侧姿，像匍匐在敌军沙漠中寻找甘霖，片刻摸索后他终于果断地把那丰盈的乳房掏了出来，但此时此刻她突然清醒了过来。也许是她的误解，以为那是别人的手才那样陶醉着吧，他后来想。反正在那当刻，她毫无预警，突然对着他那只手冷冷地说：够了。

小时候他卖过馒头，那是父亲出事后第二年，母亲把蒸好的馒头放在木箱里，上面盖着一条对折过的毛巾布。他弯着手肘挽住箱子，另一只手则从毛巾布的缝隙摸进去，然后谨慎地把一个热腾腾的馒头掏出来。那是附近工厂里第一个客人，他把馒头拍到地上，当着众人大声斥责道：我还敢吃吗？你用这只脏手。

后来他对母亲的解释是这么说的：我怕那块布翻开后，馒头就冷了。

有了那样的屈辱，后来只要遇到任何挫折，总会想起自己的手是不是又弄脏了呢？那天晚上他把手中的乳房轻轻放开后，黑暗中的五根手指头并没有马上缩回来，感觉上好像就一直停留在半空中，直到现在的半空中。

·

工作地点嘛，京都的四条河原町，住的地方紧临鸭川旁，搭京阪电铁只要两站就到家。电话中透露的讯息利落清晰，听起来好像很早以前就在那里住着了。女儿还提到了银阁寺：红色的茶花比两个人还高咧，竟然只用来当围篱，你要不要赶快过来看，全部都开了。

眼睛都发亮了似的，喊了她妈妈来听。

是很美。她说。

她把话题岔开了，谈到了天气，有意形容没有风的那种冷，却又缺了旅人的热情，最后只好又绕回天气：听说年底的京都会下雪。

想要问问银阁寺的砂堆是否已有改变，法然寺去了没有？真正的用意是冲淡她的心思，免得前脚刚走，彼此已经忘却。然而即便只想凭着电话融入那边的花草情境，便给她平添了纠缠似的，电话里很快来到了结尾：表姐给的薪水蛮大方，说不定以后在这里买间房子了。

这天晚上终于破了酒戒，只许小酌的身体晕眩得快，在她的家事间里晃了两下，很快就跌坐在椅子上。平日没机会进去的两坪私密空间，原先放着缝纫机以及烫衣服的板架，那些东西慢慢不见后，改成了现在的两排置物墙，明柜上摆着相框、花器和她学了一半的胶彩画，下边则是一横排深蓝色的神秘暗抽。这些应该就是她的全部吧，他想。

他极度压抑着经由酒精烧炙起来的怂恿，终至没有将这些抽屉打开，否则——他非常害怕翻出了不便裱框的照片，也害怕看到不堪朗读的情书，害怕这里面还有着许许多多与他无关的信物、奇怪的印记或者还在持续中的某某对方的讯息。他突然发现自己的前半生好像都在种种的害怕中度过了。

一切都来自那个出差的下午。半路上接到公司要求赶赴一场晚宴的电话，他赶到了餐厅门口，脚还没站定，竟在一整排杜鹃围篱的幽影中发现了她，上身一款立领织花上衣，搭着很多年前仅仅见过一次的黑色窄裙。他立刻预感什么事要发生了，虽然多么希望没有任何事情发生。他把头压低，拿公文包掩面，在猛烈袭来的飓风中奋力转身，只求那是虚像幻影，是离奇梦魇，是远方铁道的出轨无理地嫁祸在自己的小小车头上。

他请求公司降调，从一名沙场悍将沦为不晒太阳的小督导，利用许多个不再出差的夜晚把家里每样东西擦得亮晶晶，重新打开的窗户开始吹来了南风北风，后来还把墙壁上的油漆翻过一遍，在母女两人一致的反对下变幻出一屋子的冷白，如深雪般。

他开始安排假日，想办法把公司的特休拉长，在天还蒙着灰的早晨已经擦亮车窗，像个完美厨娘在一篮子野餐里添了几片竹叶和花瓣。他还嫌自己老派了些，染黑了初霜的头发，新裁了两条裤子和两件印着恶魔的红白衬衫。有一天当他接到裁员通知时，手上的旅游杂志还刚刚翻到了有山有水的峡谷湾，那个瞬间一群攀在峭壁上的猴子不解地望着他。

他曾经回去过那植有杜鹃围篱的餐厅现场，模拟着那条黑色窄裙的镇定与惊慌，无论何种情况，她和那男人必定是要朝他这边走过来的，否则只能回到刚泊好的车子上。然而那天晚上，她在小道上凭空消失了。那么，应该这么说，他那抱头掩面的狼狈样早就让她瞧见了。

多年以来，他终于慢慢了解那一直流露在她身上的，应该就是一股恨意。他把那件事当成秘密般埋藏，反而让她觉得自己永远被他嘲弄着吧。

如果现在把话说开了，来得及吗？来不及了。

来不及吗？他按了几百个数字键后终于拨通了国际电话，半夜惊醒过来的嗓音分不出是女儿还是她；但他的谈兴无碍，说起以前在日本曾经搭鞍马线电铁到贵船的路程，那是还单身时的某个礼拜天，他坐在贵船川的急濑湍滩下，一个人吃着寿喜烧还配着啤酒哩，吃着吃着竟然寂寞到哭了起来。从贵船川绕过一片杉树林后，鞍马寺还要两小时，他说他仰望着湿滑的山路迟迟不能动弹长达一百年之久，加入婚友社便是在那当下虽然风马牛不相及却显然非常庄严的决念。电话越说越嚷，那边静静听着的应该就是她吧，果然把电话挂断了。

来不及了。他不禁又想起公园步道上的那双白鞋，或许也是走得很寂寞的一双鞋子吧，寂寞到哭了起来。

4

带着无论如何总要见上一面的心思，他再度守候在她家对面的车子里。午前下了雨，一路上刷着水花的车声陆续来去，没有一部车停过她家门口，而围墙内的车子也没有开走。一直到午后两点，红色铁门缓缓对开，那部灰蓝才探出头来，前后玻璃深暗，也许夫妻俩已经隐坐车中。他对他们的生活完全陌生，想到今后也将如此，心头突又揪紧，觉得正在失去的好像越来越多。过去对她的爱与担忧曾经超越一切，此刻竟有非分的心思袭来，觉得她实在不该在他看不见的地方幸福着啊。

后来他睡着了，醒来时脖子已经僵痹，却在这一瞬间看见她正要收伞进出租车里。夫妻俩是分开出门的，对照诊所里令他不忍的那声轻泣，此刻的情景反教他窝心了些。天空还是阴雨，他跟在车后徐行，经过五个红绿灯加上一段眼熟的施工绕路，竟已来到他家后面的热闹街口。她掏出遥控器开了铁门，走进两步又回头出来，用着她那惯有的从细长睁到圆亮的眼睛望着雨幕，最后的那一抹眼色终于落定在他的车子上。

这时候雨开始敲击着车顶，从雨幕的疏密间他瞧见了落地玻璃上方的亮光，一张看不清的红纸黑字，一面即将开幕的花艺招牌。她挪开了店里几张挡道的椅子，发上绑起头巾，突然像个蜘蛛人似的斜撑在玻璃上，手里抓着喷雾罐来回施洒，一丛丛白色的雪花森林硬是在雨中慢慢浮现了出来。

幸好有了这场雨，紧闭的车外已经没有其他杂声，这是他与她的世界，也将会是他与她的瞬间。当他发现她不止一次朝着对街这边凝望过来时，仿佛是两个人已经密契了的：雨停之后他便要走过去，或她自己主动走过来。

一切只等雨停。下一步怎么开口还那么重要吗？筹备中的花店，提前买花的陌生人，生命中总有一个曾经错过的眼神，只不过迟至今天交会罢了。以后也能常来买花了，来看她优雅如昔，看她再多沧桑也安安静静的样子。陶醉到一半，外面突然有人敲响了车窗，蒙着雾的玻璃上只见人影，两个人。

两个警察一前一后坐进来，取了他的驾照，眼睛扫视着仪表板下方的置物空间。

对不起，有人报案，你在跟踪什么人？后座的说。

他被这突兀的景象蒙住了，急着把脸探出外面，前座的警察立即挡住他。

你这样是妨害自由，你知道吗？

我认识她。他说。

那就好。前座的朝花店瞄了一眼：你跟我们进去说吧，马上销案最好。

前后两个作势准备下车，他却抓着方向盘死不放手。这时他已无法思考，只知道人生再荒谬也不该是这样的地步啊。他们开始如急雨般催唤，无线电的噪声一波波爆开。

后座烦躁起来了，把头倾到他肩上：回去做笔录的话，这件事情可能会搞得没完没了。

三个人一把伞，走得偏偏晃晃。来到了骑楼下，他站在中间，像被挟持也被推崇，淋下的雨沿着头发眉心流到眼睛，看似已经噙了蒙蒙泪水。当她从店里走出来时，他不敢想象她是否仍然微笑仍然优雅得意味深长，在泛着雨雾的眼中他只看见她犹似惊吓般掩着脸不愿直视，不久之后干脆转过身。

警察上前问了两句，她愣了半晌，想不起什么，摇着头。

另一个从肘弯推他一把：你来说吧，说你怎么认识她。

他不想擦干眼里的雨水，但愿什么都是看不见的。他曾经目睹的那只刮伤了的左手，多少年来一直是他自己独享的秘密般，如今是在这样的情景下被迫举证出那道伤痕。

那么，他要说了。他知道这个场合是荒谬的，时间也非常错乱，他觉得应该用着冷漠语气，最好只是表达一个陌路旁观者的无情。但他越想越不忍心，短短几句可以完成的交代，竟说得如同碎片一般。

当他一开口，突然暗中发现她的左手竟也跟着蠕动着了。这个感应是那么深刻动人，他似乎受到了鼓舞，眼睛在刹那间睁得发出亮光。

然而，她的手静止下来后，那可能带着伤痕的手指却又一根一根悄悄往内蜷缩，仿佛为了形成一个坚实的拳头而软弱地紧握着。

·

在街摊上喝汤半碗，飘在葱花里的鱼丸沉到碗底。

雨后的夜晚出现了推车小贩，经过眼前再从巷子里消失后，还不知道对方卖着什么，跟进了巷底才知那是尽头，摊车已经歇在屋角下，大概贩子也睡了。

从巷子里走出来，已是出了寒月的天空，原来的街道竟在刹那间宽阔如海，让他的胃底又浮起一阵寒栗，突然急着想要再钻进另一道陌生的巷子。

回到家后开始饮酒，刚起步时配花生少许，来到中途已不计量，及至最后终于狂奔，一路冷热交迫，恍如一次又一次坠海攀山。

翌晨胃痛如绞，自服胃乳三大匙，半小时后连吞克溃精八粒，自忖痛不至死，一切待观后效，见机行事。上午十时整，已如小鸟般偎于床柱，上衣长裤穿套齐整，只等车行接应，准备夺门寻医。

·

内视镜房就在诊间后面，一进门似乎已经听到无风而动的金属碰撞声，连一把小镊夹也凭空对着他射出慑光，这次他不得不乖乖就范了。

护士让他换好了宽松衣物，先坐在诊疗的床沿。张医师进来后，护士的细微动作紧接而来，一个用麻醉剂喷他喉咙，一个引导他往左边侧卧，然后推着他的双腿曲成虾子般。侧卧的眼睛这时刚好对着医师腹上的白袍，很奇怪地让他又想起了她的那双白鞋。

接着他看见了长长的导光纤维管，长度仿如直达地狱，像一条黑蛇从仪器箱冒了出来。医师说话了：等一下从嘴巴进去，经过食道来到胃，最后是十二指肠。说着从三寸地方捞起蛇头。不要紧张，像平常吞口水那样自然，进去以后才用鼻子吸气，嘴巴轻轻吐气，记住，到时候就不能再吞咽了。

让我想一下，他说。

哈，别人十分钟就把里面搞定，你已经花了三年。

错了，是三十年，他心里反驳道。他想坐起来，两名护士压住他的腿，后来放开了。

医师摘下了口罩。要不然用自费点滴，这种药会让你睡着，醒过来后你根本不知道我对你做了什么。

他无法忍受。若有机会，他倒是希望知道对方曾经做了什么，什么时候娶她为妻，什么时候干过缺德事，什么时候让她开始忧郁，一个人走路乘车，一个人徘徊寂寞公园。

他想知道的岂止这些。那天当他看见她的手终于慢慢蠕动，显然那是外人无从得知的命运牵连，正为眼前的情景悸动着，没想到后来她否认了，对着那两名警察直摇头，然后默默走回店里。

他还是拒绝了可以让他安睡的点滴药，由于时间拖得过久，医师在他喉底喷了第二次麻药，拿起一把塑料漏斗套上了嘴巴，黑色的蛇头便从洞口直驱而入。他的反应快而不正确，整条食道开始抽搐作呕，胃液涌上来的强酸犹如汽油弹，一边燃烧一边爆开。

然后他大量吞咽空气口水，以求换气之后继续大量吞咽。他听见了模糊的喝止声，感觉有人正在抚慰他的双肩，这时他的眼睛便开始被蒙蒙地淹没了。他很想忍住黑色的探索，却不知道为什么，觉得数不清的手正在极力压制他，即将剖开身体挖出他的孤独内心。他想叫声暂停，黑管下的舌头已经无以动弹，发出来的只是笼统的气音。于是他开始大声呐喊，如同三十年的含辛茹苦要一次花光，然而他呐喊的起音是低了些吧，他发觉自己这一生已经把力气用完了，一切都来不及了，最后他听见的只是从嘴巴不断发出的让我死、让我死那样的呻吟。

·

今天早上在你丈夫的诊所里，我经历了一次未完成的内视镜检查。

当仪器深入我的胃，我竟然惶恐着被我藏在里面的你就要被发现了。

他犹豫了很久，决定把这段文字删除，觉得这样的切入会让她不安。

或许谈谈美好的婚姻吧。我的妻子正在日本旅行。这个破题真美。

我的妻子正在日本旅行，传来的照片是法然院的茅屋顶，枫叶把它照红了。

我还记得你搬家那年暑假，你家院子有棵树就是那么红的，很奇怪的夏天。

你高中毕业那年的校园，一大片凤凰花盖满了天空，就又想起你家的院子。

也许你会讶异为什么我一直谈着红色的花，我第一眼所看到的你……

他庆幸过去的回忆还如此清晰，只是一支笔就能让痛苦的呻吟安静下来。

光凭回忆就能把距离拉近，从今以后就不用再看到她了。

写这封信的用意是要让她安心，在她的路上，多余的影子已经消失。

最后，如果容许有一丝丝辩驳，他觉得应该把自己完整坦露：

其实我无所求，每天就是过着一种差不多就是这样那样的日子。

何况我的人生已经那么美好，能够在你毫无察觉的情况下一直拥有你。

倘若我一直这样拥有你，我相信在日本的妻子便永远不会离开我了。

你会问我为什么吗？我就是用生命在呵护着她才变成今天的软弱啊。

5

似乎不担心错过三月早开的樱花，从日本回来的妻子，连走起路来也徐徐缓缓，不到半年的京都旅宿竟已有着浅笑迎人的气息，看得他直愣一旁。但她的亮丽是沧桑些了，时间也把她颈后的马尾拉长了，倒是外形反而优雅许多，微侧着脸倾听，略凝着眼看人，浑身温婉得像阳春，有那么一股想跟她赌赌气也会觉得非常无礼的神情。

徐徐走过去，缓缓走过来，真想跟她说，你停下来让我仔细地看着吧。

又缓缓走过去的时候，迎到的来人竟然是那双白鞋。

终于不用躲藏了。每个人都在这里。生命中竟有这样的错乱时空突然掉在一个瞬间里。

两个女人几乎同时颔首欠身，如同一对旧识在无声电影中相逢。寒暄了几句后，彼此转身朝他望过来，一个说着，一个听着，刹那间让他觉得自己像一幅名画般被她们凝视着。

日本回来才发现那封还没寄给你的信，突然去通知你，我想他会谅解。

是发生了什么……才这样的?

别想太多，他胆子很小，吐血的时候还拿卫生纸擦过呢，医生说只是因为食道噎住了。冰箱里还放着第二天要用的早餐，连味噌葱花都已经装在碟子里。这就是我的丈夫啊，他为自己做的就是那么一小碗……

对不起。我不知道该说什么。

你能来我已经很感谢，说太多反而不是他要的。虽然已经这样了，我对你还是有点嫉妒的，完全被你遗忘的人，还能痴心到这种地步。虽然是自己的丈夫，我还是要说他是笨蛋，跟他相处久了，连我自己也变得愚蠢了，以为他活该就是这样的人。

两个女人慢慢来到面前时，他的妻子忽然开始痛哭，发束因着肩膀的剧颤而散落两旁。他没有听过她曾经这样哭泣，记忆中他的父亲出事时，母亲也没有这样哭泣着。有人看到死亡，也有人反而来到了重生，若说人生充满荒谬但也有着荒谬中的道理啊。如同此时此刻，他自己竟也因为生命的喜悦而充满着忍不住的泪水呢。因为他看见了，看见她接过他妻子点燃的一炷香，正在高高举起时，那刻意扎在小指上的白纱是那么清晰，像一对停在草间的白蝶羽翼，用着轻触般的颤抖，对着他频频发出了飞吧、飞吧那样的律动与神情。

落英

过了这个弯就好。过了下个弯就会没事的。

人生道路总有几个弯吧，我还不曾见过有人一路直走就能赢得众多的喝彩。

人生每件事在出错之前往往都是对的，啊我总算明白。

我搭上的这部车子，听说性能极好。出事前看到的青翠山村，也非常优雅迷人。

没有些微的征兆可以预防吗？没有。开车的甚至还夸着它，“这是最新型的黑钻休旅款，讲求强悍越野力，从静止到疾行只要五秒，打个呵欠也不止五秒。”

骆大海还说，这种车款是他从小就有的梦，连梦中的仪表板，那雪色刻度、那孤独神秘的蓝光精灵，真是要了他的命，竟然一模一样就在方向盘前方。

花东公路有风有浪，海漂浮，山盘旋，两侧柏油路似乎开始下陷，顽强的车身正在低空飞行。“喂，台东最有名的猪血汤，我们吃了再走吧。”他是那么亢奋，加速中的逆风送来了他的叫喊，虽然车上没人响应，却也没有反对的声音。

离开台东市区后，我记得的便是这样的段落。猪血汤后来果真绕道吃过了，他们还在路边添了一堆零嘴饮料，准备一路到底走完离开东部的回程。

但这一切都是荒谬的。我的口袋里还留着两张刚起飞的末班机票，也就是说，如果不搭上这部车，我已经带着胖子下了飞机，一切便会安然无恙。胖子是他的老董父亲指派在我身边的独子，刚被部队退训的过重体位，一嗅到舒爽海风便瘫睡驾驶座旁，等他乍醒过来，他的梦乡当然已经完全走样。

能够扭转整个事件的当然就是车子的主人黄君。但他只顾指天画地，自从在股市频道一夕暴红之后，如今自己的车懒得管了，一径窝在后座上自言自语地解盘。他说台湾股票加权指数最残酷的三九五五，就是他在金融海啸中的果断预测，“太神准了，误差就那一眯眯的零点六而已。什么叫危机入市，那时跟着我进场的都发了，你们想想看，我改变了多少人的命运。”

我们的命运都被他改变了。从小店重新出发时，如果他坚持取回钥匙，那么开车的就不会是骆大海。 但黄君显然离题了，一踏进华尔街便走不回来，整个人完全困在美国道琼指数的周线图中，“你们看衰美元的话会倒大霉噢，美国再怎么样，还是全世界最强的国家……”

出事之前其实还有转机。如果骆大海照着原计划取道南回线，那最起码夜深之前我们还能暂宿台中。但他从小就有的梦似乎还在发光，他两眼射出火焰，瞬间烧亮了两道浓眉，“怎么样，我们干脆绕山路，走——南横。”

等到其他人稍稍会意过来，其实车头已经弯进神秘的九号道，那里面暮色中的丛林正在目睹着我们的身影。

当然，我的右手边还有另一个人。他的沉静一直令我不安，戴着软塌塌的帽子，尖突的脸形随时掩在阴影里。这个人没有一刻是正直的，我不得不这样想，他的椅位是那么宽敞，但他的上半身依然斜撑在椅背与车门间，仿佛随时要走，却又透过帽舌下的一片阴黑，默默打量着车上的人。

这时当然还来得及，只要他稍稍反对一声，刚起步的九号道宽阔得随时都能掉头。但他高中毕业前的霸气不知哪里去了，只像个阴森森的鬼魅贴在旁边，除了紧盯着车窗外的景物，他不说半句话，一副什么都了然于胸的神情，好像知道自己是一只鸟，现在又回到森林里了。

当然，还有我。原先我也可以阻止，然而一想到自己连末班飞机都宁愿错过，还有什么是该坚持的呢？车窗外的天际还一片清朗，有谁知道山里已经起了严重的变化。口袋里我的名片印着青鸟国际育乐执行长的头衔，有谁知道我是为了赌场开发案的勘查而专程前来，并且已在昨晚的饭店房间里完成了今年度的书面报告。谁开车不都一样吗，我要的只是谁能让我顺利抵达。

我的人生刚刚启程，壮阔的蓝图有山有海。我几乎看得见三年后的自己含着烟斗的神情，眼底是片片海鸥、船帆，耳里听到的是赌场楼下抢兑着筹码的宾客喧哗，那些嘈杂的声音听来是多么悦耳，因为那都是钱的声音，像海鸥拍翅又像潮水不断涌来。因此，昨晚的书面报告里我还追加了一笔，我希望岬角的周边能有一间安静的酒馆，夜里我随时可以不动声色地上来巡察一番，兴起时酌它一杯，有时也不妨背着手轻轻走在映满月光的蓝色地毯上，运气好的时候还能瞧瞧有哪颗星星突然掉入海中。

我也非常乐意在此终老。我相信我的妻子雪也会终于答应离开她的黑板，四十岁分娩还不嫌晚，当我走完月光地毯回到附近的滨海别墅时，我将看见她安详地平躺在床上，她的小脸已经恢复往日丰泽，她失去多年的微笑像涟漪纷纷绽开，她逐渐隆起的肚子正在孕育我们重新开始的每一个日子。

因此我不可能死。我从出生不久就知道没有斗志不能存活，在那还没有语言的混沌中，我已懂得用双手紧抱空奶瓶而拒绝哺乳，因为我的母亲曾在缝纫机前昏倒数次而让怀里的我不时濒临窒息。我不哭不闹，安静得像只等待惊蛰的小睡虫，那时我的脑海中想必也有一份蓝图了吧。后来母亲说，我学会的第一句话并不是妈妈，而是自言自语长达两周半，发声简短但铿锵有力，频断频续的怪音听来像咒语，仿佛先要弄熟了魔法才肯踏进以后的人生。

我当然不会死，我和他们不同，骆大海、黄君或者旁边的另一个人，虽然我们来自同样的穷乡僻壤，都曾在孤寂小镇同时度过苍白的童年，但后来我走自己的路，我甚至认为当有一天准备衣锦还乡时，他们根本无法和我同行。

那么，即便放弃了机票，我可没想过要和他们一起掉进漩涡里。

往九号道挺进的休旅车逐渐没入越来越浓的暮色后，“海端”的字牌应该是车窗外看到的最后一盏灯。依稀可见的视线里没有半个人影，一片死寂中只能隐约听见骆大海的凝重鼻息，那是探险者的悸动但或许也是因为惶恐，尤其当他打开了大灯和雾灯，仍然不得不伸长脖子贴着挡风玻璃。因为雾来了。车子里一阵惊呼，连胖子也醒了。才一转眼，所有的影像已经没入浓重灰茫中，行进的车体变得越来越沉重，比走路还慢，比独木舟还摇晃，像艘庞大的军舰被迫蜿蜒在一条弯弯曲曲的蛇腹上。

虽然有着不祥的预感，但我还是极力压抑着。过了这个弯就好。过了下个弯就会没事的。人生道路总有几个弯吧，我还不曾见过有人一路直走就能赢得众多的喝彩。

没想到，最后还是出事了。刚撑过了一个弯道，前轮滑过了山壁渗下来的水洼时，一路上升的地势忽然陡降，于是车头便像跳水般猛地撞上了护栏，车体往外暴冲，墨绿的树影刷过了挡风玻璃，轰轰两声巨响中，几棵树干已经倒在一旁。

惊叫声。呐喊声。战栗声。我不曾听过有那么多声音是同时响起的，而当一阵混乱慢慢归位后，似乎还有一种声音不肯离去，像奔跑中被遗弃的纸风车，它被迫减速，在错愕中倒转，然后回摆——原来那是两个悬空的前轮对着山谷的叹息。

然后一切归入死寂。我的脑海完全空白，倘若还能拥有什么知觉，应该是最后一瞥的眼神吧，为了穿透黑暗的世界，我甚至看见萤火虫在另一峰的山谷中飞舞，更有几条白色河流突然在丛林中卷成一团，为着不知去处而寂寞地呜咽着。难道这就是人生尽头的回光吗？果然这一瞬间我也看见我的妻子雪了，她刚在教师宿舍吃完路边买来的便当，为了驱走立冬的凉意，她关上了最后一缝冷窗，浑身还是瑟缩了起来。

她大概也感应到了吧。她试着拨电话，想必她知道我已离去，才毫不顾忌我的声音吗？当然，电话已经无法接通了。

很奇怪地，我也突然想起了故乡的天后宫。广场前的天后宫立着两座石鼓，每天放学后总有人快手快脚抢着跨坐上去，以便成为新崛起的英雄般被同伴们欢呼簇拥着。那时没有利落手脚的我，从来都是挨在别人后面干瞪眼，但有一天，我做到了。我把书包藏在教室外的草丛，等到放学前五分钟才假借腹痛离开。我拼命跑，跑过田野，钻出荒屋的墙缝，像个失速中的破轮胎滚进庙街。当我激动地爬到石鼓上面时，天后宫广场终于被我雄赳赳地俯瞰着，果然那是英雄的席位啊，我的两腿夹紧了石鼓，直等着几分钟后即将开始睥睨人群的光荣景象。

然而那天下午的广场一个同伴都没有，连我旁边的另一个石鼓竟然也是空着的。许久之后，我原本为了迎接掌声而激情抖晃的双腿不得不放慢下来。我等了很久，迟迟不肯下来。那是我在成长路途中第一次抵达的最高点，但我不知道广场上的人都到哪里去了，黄昏时我终于哭了起来。

·

乘车前的餐后午间，我带着胖子歇在饭店大厅的侧花园，一边盘算着去到台东机场的时间。一个县议员临时赶来，他捎来的讯息令人振奋，原本难缠的几块畸零地已有破解方案，整个育乐世界的周边将不再有窒碍难行的挡路者。还有，所有地主都同意签署落日条款，要是三年内赌场开发的相关法案不能核准通过，土地买卖即可视为无效。至于好几挂黑道掮客为了佣金不惜火拼的传闻，县议员说，他前前后后摆了几桌酒席，该打点的都已经弄到了宾主尽欢。

眼看一切都能成局，接着只等下一回合的签约付款。我频频颔首表示满意，眼前却忽地掠过一丝阴影，那是胖子的脸，他突然皱成一团的肥肉看来更胖了；多么不适合忧郁的体型，他还那么小，两只眼睛来不及睁大，已被奔放的脂肪挤成了深渊。

县议员离开后，胖子噘着嘴，“我妈说，金融海啸后，公司早就没钱了。”

“会有办法的。”我说。

只要地主的同意书拿到手，公开募股便是下一步，到处有人要参股，那时候还愁没钱，钱多得……这是他父亲的主意。

“到时候，钱多得就像满天满地的樱花。”最后我哄着胖子说。

骆大海就是这时出现的，行李袋直接搁在脚下，满脸亮着红红的晒斑。他说他们三个老同学开车度假，指了指外面的停车场，还立刻在手机上叽里呱啦一番，果然没多久黄君也从外面进来了。两年不见的黄君还是老样子，客套寒暄一概省略掉，劈头就进入了他的话题，好似十分钟前我们才刚分了手，“德国很强的，老兄，就算整个欧元区全部垮掉，你还是可以放心押注德国的股市。”

我怀疑他到底记不记得我是谁。他不说废话，一开口就进入脑海，然后一直沉溺在里面，让你觉得他其实已经走远了，正消失在某个遥远的地方。

因此当他忘情地论述着德国的财经情势时，由于到机场的时间还早，我不仅没有阻扰，反而相当愉悦地聆听着。我聆听着他的声音，毫不计较话语的内容，毋宁说我在享受着他的窘状，一个人为了追求理念而竟陷入仿如自我毁灭的境界，这种精神多么令我动容。

然而就在此时，在我记忆中早已除名的“另一个人”，也出现了。一顶软塌塌的帽子散漫地斜戴着，为了显现和我不期而遇的惊奇，抬手随便晃了一下，顺便拉横了帽舌，于是一勾褪色的刀疤便从他的发影中浮现了出来。但他很快抓起了报纸闪到外边的空位上，像个白丁那样撑开了整张报纸胡乱扫视着，这么一种刻意悠哉的举措只是让我更加厌恶罢了。

骆大海说：“这小子不想流浪了，已经答应一家补习班要去帮忙。”

我没有搭声，感觉对方的沉默中有什么正在酝酿着。他从口袋摸出了香烟，用倒过来的滤嘴频频敲着表面，然后捏着烟横在鼻下，来回搔弄着他的胡髭。

他有心事的，连他的手指也在思考。我的心情跌到了谷底。

我不禁想起我的妻子雪。在那孤独的年代，雪夹在他和我中间，但她显然倾慕于对方身为短跑健将的得意风采，只有在每年寒暑假的寂寥中，我抄写的诗句才有机会打动她的芳心。因而我厌弃开学的日子，每天最后一个到校，每次在教室后门边徘徊，最后才像一片叶子飘落在墙底下的位子。

那个人，眼睛像老鹰，皮肤是小麦色，飙出的大汗如颗粒般的雨。啊，在那个流行着夺标电影的年代，那是多吓人的对手造型。一路看戏的同学后来果然背弃了我，毕竟我的软弱不被看好，他们给了我难听的绰号，更且开始戏谑着某种动物的叫声，那低沉的单音以鼻腔发声，是我作为一个人连最低级的身份都不如的境遇。

一天，他把我叫去校外的河堤，那里有大片淹没人迹的白色芒花。我强作镇定，脚底发麻，听着他暴跳如雷的三字经，才知道那些抄寄的诗文把他惹火了。

“来阴的噢，只会写字有用吗，你这样根本不是男子汉的行为。”

他脱掉上衣，用力抛到了空中，像个愤世侠客跨在飒飒秋风里。

“那要怎样？”那时的世代我只懂这样发声，但我的声气幽微，我听见芒花浪头鼓噪，迭迭而来的重拳像一颗颗滚烫的石块不断击落胸膛。我的眼镜碎裂，茫茫然在踉跄中反击，被我打穿的空气中频频飘荡着他那令人难以置信的狂笑声。

回去的路上我瘫坐在巷口，放学后的雪带来了我的书包，像个母亲那样轻轻擦拭着我的额头。她的手指很细，轻轻一拂好像就把疼痛拨掉了。该怎么说呢，在那神奇的温婉瞬间，我几乎从此确认她终于就是我要追求到底的女人。

我的软弱使我坚强。几周后，对方果然掉进了我布设的险局中。一样的河堤，但芒花已不再是无意识的白了，我尽情地挑衅，操他祖宗八代以便获得拳打脚踢。果然他表现得非常神勇，让我深刻体会到一个男人若是没有脑袋不如去死的悲哀。反正后来我蒙蒙眼中所看见的，是他像个粗枝大叶的枭雄从我胸膛践踏而去的愚蠢身影。

肉身被摧残的，灵魂让它得到安息了。是的，几天后我的雪果然和他分手，远远看去的田径场上他像只病鸡垂首跛行，他的嗓门紧闭，眼睛看着尘土飞扬，场边的拉拉队中我替代了雪的位置，我竭力高喊加油，用着报复性的声浪喊到完全嘶哑，然后像个快乐的混蛋匆匆流下了胜利的泪水。

也许就因为那次的交手，毕业后他失去了踪影，很有许多年了。但他还是那么难以忘却吗？闻着未打火的香烟是那么造作，还不时从报纸的翻转中瞄看着我。

“喂喂，”骆大海指着他，“你们不是几百年没见面了吗？”

一股寒意终于蹿上来。其实我们在不该见面的地方见过了，大约十天前。

十天前的咖啡馆，没想到他也在里面。隔着三张桌子，桌上隔着一瓶花，他坐在窗边，我紧临着走道的外围。也许他进来时已经刻意闪过我，但也可能因为晚来的我毫无戒心，所以早就被窗角下的他盯住了。总之他一个人，而我多了一个人。

多出来的珊蒂这天穿得脱序了，露背不打紧，胸部是用棉织的亵衣裹上的，只在两个大奶间系了花结，垂下来的余襟如同小窗忘了关，完全露光了里面的白。她的声音也颇嘹亮，介于矫揉与天真的热情，要是从中打断只怕袅袅余音更难收拾。我只好在唇角上朝她比画着噤声的手势，她竟以为那是个飞吻而更加亢奋得花花浪浪。

我不知道三张桌子外的家伙看出了什么，珊蒂不像秘书，更也难说她是远房表妹或谁家大闺女，该说她像什么呢？在那家伙的脑海里，至少知道她是个和雪不一样的女人。我感觉他在冷笑，他借着瓶花窥看，从头到尾一副闲闲独坐的样态，没有约人，没有动过手机，好像整个下午就要耗在那里，好像只要狠狠看住了我，他就有办法打败我的这一生。

我想要提前离席，但一起身不就自动对焦了吗？我只好继续困坐着，刻意侧身支着脸颊对她挤眉弄眼，等到珊蒂美人总算会意过来时，才开始抱着凸奶慌颤起来，“哥哥，我先走。”

“你别动，给我坐好。”我低声阻止，镇定地看着她的脸。她应该只有二十来岁，一个应酬餐会中主动依偎过来的小公关，从生涩羞赧到床边的骚动也才三天时光，为了填塞生活中的寂寞空当，没想到我给自己捅出了这个大天窗。

我安慰自己，雪还在她的教室里。黑板上她写完了几个字，也许正在对着几十张课桌椅嗔怒着，她瘦削的两颊涨红，刘海掉在眉间隐隐闪动。

很有几年了。那个开学前的暑假，我帮她从家里搬出行李，两人挤在教师宿舍的置物柜中，她只顾忙着把行李拖拉归位，好像要把小船泊进她的港岸里。

“你去吧，”她说，“你忙你的，我做我自己。”

我要走的时候，她才抬起脸来，“你知道我们现在已经分开了吗？”

“我不知道，我刚刚看到学校附近有家田园餐厅，每个周末我会在里面等你。”

“我看就在这里结束吧。”她说。

我让珊蒂美人玩着手机游戏时，终于决定主动出击，只要让他知道我也看见他了，那么他应该有所顾虑，如果他刻意找到了雪……

没想到当我准备起身，他的位子上已经空着了。

打发珊蒂美人离开后，我忽然想不起该去哪里。然而那时的感觉还只是一片茫然，直到此刻他忽然又出现在眼前，才真正让我强烈地惶恐起来。

在我答应搭上他们的休旅车时，虽然出于自愿，感觉上我是被他挟持了。胖子的身形适合前座，我则主动夹在后座中间，表面上我还是听着黄君对整个世界财经的精辟分析，实则我随时等待着另一个人的要挟，哪怕是轻蔑、污辱或者金钱方面的索偿。咖啡馆里的画面既然是我自己的难题，那就不能容许他继续凌迟这个秘密了。

没想到，还来不及听他主动开口，我们的车子已经挂在半空。晕眩的车身似乎还在前倾后仰，下面是断崖，窗外有风吹来，多像以前我们曾经玩过的斯诺克，那该进不进的黑色七分球，每次总是羞答答地倚在桌边的洞口，那时就会有人戏谑地用力狂吹，果然后来真的把它吹进黑洞里了。

不就是这个人吗，好像也要把我吹进黑洞中。

·

所有的声音都停了，笼罩的黑幕已把周遭吞噬。我听见了空中的落叶，听见前座的胖子正在眨眼睛，他的眼睫或许浸了过多的泪水，竟有湿润的光影悄悄闪烁着。他的脚下就是空谷，只要他稍稍转身晃动，也许车头很快就要坠落了。

“骆哥不见了。”胖子说。

原来黑暗是有影像的，驾驶座的门扇瘫翻在外，椅位上的人影果然已经消失。胖子开始骆哥骆哥喊，黄君立即压着声音说：“不要叫，你这么大声太危险了。”

声音也有重量吗？我真的不知道，倘若声音会让整个车头下滑，那沉重的呼吸、看不见的焦虑或者任何说不出的愤懑与迷惘，也会让最后一丝平衡从此崩溃吗？

骆大海死了。车内气氛蒙上了阴影，没有人吭声，恐惧带来的颓丧仿如一场默哀正在举行。但我怀疑，我宁愿相信骆大海只是挂在某棵大树上，当他摔出车外时，他平常狡猾的斗志会救他一命，不是漫天掏抓崖壁上的蔓草，就是他向天空借了一朵云。总之他有本事，他扳住了，在某些要命的时刻他往往溜得快，虽然一事无成，却也不曾被什么东西绊倒过。十多年前我在台北中山纪念馆附近的套房里见过他，房间小而乱，唯独桌面清理得一尘不染，那上面突兀地插着一支旗。他兴奋地掩声说，国民党的人等一下要来了。虽然那支旗后来并没有让他翻身，总也透过几个党棍觅得一些资金替他救了急。然而三年后民进党的造势晚会上，我也遇到他了，他站在游行队伍最前端，肩上扛着大旗逢人高喊万岁，若不计较他那过度浮夸的嘴脸，那虔诚高亢的嘶喊确实容易令人闻声落泪。

这么善变的家伙其实不容易死，他还有其他的路没有走完，就像我们这些赌命的穷乡人，谁不想摸隙捡缝钻出一条路，谁不活在总有那么一天、总有什么跟什么……那样的意念里。

我决定先救胖子，他耳语般的声音是那么疲惫，“打电话给我爸爸……”

我拨回公司，连着三次都无法打通。黄君则把他的手机丢弃一旁，他喃喃自责了半晌，再度启动他脑海里的复杂开关，“要有GPS导航系统那就好了，我早就想要换一支最新型的，谁知道一忙就忘……”

好像他也忘了自己挂在半空中，“手机最起码也要有这种功能，以后甚至天堂地狱都打得通。对了，你以为欧洲萧条，宏达电就会完蛋吗？错，我问你，宏达电股票跌到多少就可以闭着眼睛买，你知道吗？”

我不知道。但我知道现在不能闭着眼睛，一分一秒都不行。我打断他，叫胖子把上身趴低，然后抓紧他的双手往后拉，直到胖子终于像颗未爆弹卡在我们后座上。一切偷偷进行，仿如黑夜里匍匐在敌军的海岸抢滩，我们总算奋力拖回了一艘大船。当前座乍空时，车头的垂度果然明显上升了。

很好，接着我叫黄君打开他旁边的车门。我强调开门要轻，这一点他也做到了。接着我要胖子往外爬，我负责在他屁股后面推挤，当这些动作渐次进行到他终于踏上睽违多时的土地，这华尔街的、法兰克福的天才专家，他的意识里竟然把胖子看作夺门而出的抢匪吧，霎时慌张得砰的一声又把车门关上了。

车门的碰撞声在这寂静荒山犹如巨雷，感觉中许多树叶纷纷震落了，沉默的车头显然打起了冷颤，不敢想象如果一阵风吹来、一只山雀猝然拍落它的羽毛……

这时旁边的另一个人，他总算说话了，“你不应该让他下车。”

我不想响应，我在意的是救援小组何时赶来，几公里外要是响起一声警笛，这环空回绕的山谷应该到处可闻，可惜眼前的四周只有风的微音。

山径上的胖子捂着手机不断地叫着，为了搜寻他要的讯号，拖行在落叶上的窸窣声听来像一头累坏了的黑熊。原本这个时间他早就到家了，他的老董父亲甚至已经把他训了一顿，然后开始追问我的状况：有什么眉目吗，他和那些地主搞熟了吗？对了，你要挑着看，坏的千万不要学。

胖子还是个孩子，孩子都会照实讲。“爸，公司不是没钱了吗？”

“混蛋，怎么会没钱，只要土地草约拿到手，到时候钱多得——”

“钱多得像满天满地的樱花吗？”这孩子若是聪明，那就这么回答吧。

倒是满天飞絮正在静静飘着了，从顶窗飘进来的细丝像雾又像雨，伸手一探，很快又消失在指缝中。要是车前灯没有撞毁，眼前照见的应该就是缤纷雨雾在深谷漫飞的奇景了。想到这一幕，才惊觉骆大海已经消失在蒙蒙夜空中。

·

人生苦短吗？这一夜何等漫长。寂静没有边际，山上听不到山下的声音。

难熬的死静中，左侧的黄君浑身开始蠕动着。一直被低迷气氛禁锢着的嘴巴似乎告诉了他的大脑，我们被车子……绑架了。

我知道他在发抖，他频频缩着身子想要避开我的肩膀，然而贴着膝盖的双手不听使唤，像个刚学鼓的新手正在敲打着羞愧的节奏。

“你这部车，听说要四百多万咧。”我说。

“啊——哟。”他头也不转，直望着外面的黑。

“好吧，我知道你没心情，现在你就下车吧。”

他呃了声，来不及回话，另一个人已经开始怒斥着，“那不就更轻了吗？下什么车，不要胡来，你给我坐好。”

“除非胖子已经顺利报警，不然谁保证可以撑到天亮。”

“我反对，不行就是不行。”

虽然不愿看他的脸，听也知道他的声音充满着怒焰。他那边的车门要不是被倾折的树干卡住了，主导权早就不在我这边。

黄君似乎处于迷惘中。他若慑于威吓，那就低着头继续颤抖吧，但我会感到惋惜，可以从灾难中抽离的人生是多么美好，难道还要口吐白沫高谈着世界经济吗？

我只好轻松地撩拨起来，“你们做股票的，万一碰到下跌怎么办？”

他咦了一声，不带劲了，“赶快杀呀。”

“赶快杀的意思是什么，不是有一个术语吗？”

他挺起腰背，勉强吁着闷气，“干吗，不要玩我啦。”

“好吧，那你现在下车。”

我再叮咛了一次，开门一定要轻，最好轻得连萤火虫也没发觉。他不敢转头瞧那家伙，却在黑暗中摸来一只手，用尽全力把我紧紧握住了。

他跨出左脚试着在地面踩实，临走像个离家的母亲低下头来，“你说的那个术语叫作——停损，我知道你的意思，但我这样丢下你……”

“你赶快滚吧。还有，我知道你不会又把车门关上了。”

这时的语气终于溜了起来，不以为然地说：“我会这么傻吗？”

外面的胖子果然激动得欢呼大叫，仿佛车里的劫匪又释出了一名人质。

这时候的车后座，终于只剩下我和他了。

他再怎么愤怒也只能等待，运气好的话警察会领着拖吊车来，那时只要在车尾轻轻一钩就能脱离险境。当然，碰撞过的土质不能突然松软，深黑的夜空不能骤下暴雨。还有，老天爷的时间也不能停，要一分一秒非常准确地向黑夜迈进，像远远射出的飞索终于钩住恶水上的沙洲，那时的雾霭该也开始对着我们蒙蒙透亮了。

没想到当我目送黄君下车后，回过头来，眼前的幽幽暗影让我看傻了眼。

他紧紧扳着前面的椅背，另一只手则扣在窗顶的吊环上，斜坐的屁股只剩小小一瓣贴着皮缘，简直像只猿猴吊在空中。这时他还哆嗦地磨着牙呢，多像喀吱喀吱的一串慢慢远去的铁道声。

也许因为外面太冷了，车顶的天窗还有黄君下车的开门处，一直一直灌进来整座山的冷冽风。如果还有其他因素使他变成这样，或许他突然想家吧，浪迹多年的辛酸让生命这档事变得特别珍贵了；可是当他把河堤上几近昏迷的我拉起来继续掴着耳光，那时他对生命的了解是什么，了解了多少？

瞧他浑身还是战栗着，我缓声说，你抽根烟吧。

他似乎别无选择，赶紧掏了香烟匆匆塞进嘴里，打火机切了三次，就着微弱的火苗猛吸，像个流浪汉把碗底舔干了。他这副德性怎么说，不是要把滤嘴倒过来捣实里面的烟丝么，接着也该捏着白蜻蜓似的慢慢爬网才行，就放在鼻腔下慢慢搓摩吧。

香烟抽得很急，也吸得特别深，喷出第二道烟雾时，尼古丁总算让他回了神，突然沉声说：“我看不懂，你到底在耍什么花招？”

声气有点喘，偏要撂着狠话和我对峙，这样的转折颇让我吃惊。

左扇门还开着，只要我上身打横往外挪，应该也能像黄君那样伸脚出去探探底。就算后座越来越轻了，随时会因着我踮出去的重量而弃守，但只要来个瞬间的闪窜，足够让我顺利逃脱的了。折腾已至夜深，机会只剩最后一秒，看着他惶惶然喷烟吐雾的狼狈样，我突然想到这应该是他此生的最后一根烟了。

然而我还下不了手。我努力回想几个小时前是怎么搭上车的，除了刚开始恐惧带来的茫然，我似乎高估了情势，他已经没有想象中的强了。青涩往事都已过去，他没有把我打垮，也没有让他自己站起来，这样的敌人还能勾起我的恨意吗？

此刻的山谷飘来更凛冽的风了，看不见的草丛中唧唧响起寂寞的虫鸣，小径上两个人的脚步声凌乱而慌忙，像奔走在火场中找不到水喉的救火员。我想喊喊胖子，倘若还有什么该交代的，那就叫他父亲死心吧，我尽力了。

我也想叫住黄君，别跑了，附近根本没有村家，记忆中我所走过的南横，应该是过了天池往梅山行进的途中才看得到明显的灯光。与其摸黑寻路，不如四处找狗一样呼唤几声骆大海，他该不会趴在石缝里睡着了。

或许我也该和另一个人说说内心话了。

咖啡馆你所看到的，是我第一次偷情的马子，那又怎样。她从来不要钱，我刻意停在香奈儿橱窗前，她走在前面头也不回。你不妨想象以你大她一倍的年龄，有办法像我这样挽着手，偎在秘密花园里共舔着冬天的冰淇淋吗？那么——我是怎么办到的？也许你想知道，首先你必须是她的英雄，你不必洒古龙水，但你的幽默要有芳香。你也必须悠闲得非常有作为，当你刻意关掉了手机，还是该得安排几个慌张的跑腿，来到耳边对你咬着窃窃私语的报告。你虽然操控世界但你还要深情款款凝视她的眼睛；英雄不都这样吗，英雄做爱的时候，门外的两路人马还火拼着哩。女人面前你要是拿不准什么是有心无意，那就别指望天雷要去勾动地火。当然，接下来的就是你所带给我的伤痛了——你看她在咖啡馆里动不动就嗲三声露两下，以为我终日就沉溺在这样的深渊吗？其实当我贴在她的胸口时，每次我都想哭，毕竟那不是我真正所要才让我迷惘再三的欢乐幻影……我说得远了。

我真正的迷惘，这么说吧，为什么应该属于我的雪反而特别让我感到哀伤？

作为一个想要把我击垮的家伙，其实你根本不配坐在我旁边，你的卑劣手段已经用光了。还记得毕业前夕吧，你抢下我的制服帽丢进了污水池，为了泄愤也把自己的裤管弄脏了。那顶帽子经过你无尽的踩踏后，不仅变了形，还沾满了黑泥，但它终究还是一顶帽子，我甚至刻意留住了它的污浊，第二天依然戴去参加了毕业典礼。

当然，如你所愿，高中毕业后，雪果然也从此离弃了我。

但毕竟我不是你。同样的事情发生在我身上，你知道我想着什么吗？当你们风光进大学，而我必须每天骑着单车到那荒郊的瓦斯工厂出卖劳力时，有谁知道明明那已经是人生最不堪的起步，我仍然相信着雪终会成为我妻子的想法是完全没有改变的。

你是否真的想听，我从来没有告诉过任何人。

·

瓦斯工厂破例雇用的少年，身高一六八，体重四十九，瘦削的双肩落着两支钢瓶，像个醉汉来回走在危桥上。除了苦力，我还学会瓦斯钢瓶的耐压测试，懂得检出一个个过期的安全阀，把老鼠啃坏了的软管全部更新，还负责把残漏不尽的废气全都吸进肺里似的，过着想尽办法也要活下去的日子。但你相信吗，其实我的心窝是温暖的，得来不易的这份工，正是家里卖瓦斯的骆大海从上游工厂转介给我的机缘；我每天期待的是他从大学放假回来的日子，他会来履行我们的约定，由他开来的小货车上，偶尔就会乖巧地躺着一具扣人心弦的桶装瓦斯。

“喂，这次好像特别急噢，菜煮到一半，你现在送去刚刚好。”他说。

啊，多幸运的我。骆大海待车上，我自己按门铃，帮佣会让我走进别墅侧院，瓦斯桶平常就安装在屋后的水沟上。这就够了，我闻到了桂花香，运气好的时候还能听到屋里传来的陌生语絮，感觉终于见到熟悉的亲人那般。直到后来我再也耐不住，才使出了把钢瓶倒锁的花招，果然听见屋里的妇人频频空打着炉具开关的声音。

怎么会这样呢——嘀咕在帮佣背后的我，终于第一次走进了雪的家门。我不敢直视雪的母亲，只能偷偷望着里面的穿廊，那紫黑的木地板映着前院筛进来的零碎光影，像一条雪已经离去的寂寞小路。

“你不是那个姓叶的小孩吗？”她母亲说。

我也见过雪的父亲了。在市镇交界的高尔夫球场里，我争取到草皮工班的职务，每天负责补植球杆铲过的坑疤，直到第一洞开球后才退到外围去割除徒生的草蔓。终于来到的那么一天，他的小白球果然神准地滚到了我脚下，我远远看着他碎步寻过来的慌张身影，心里那股暖流便又浮了上来。他来到我旁边，急望着果岭上的旗洞，似乎想要采取直攻。我凭着多次看球的经验说：“这样不好，先用短杆带到旁边比较安全。”

眼前都是挡路的高树丛，明知挥不过去，他还是紧握着五号铁杆，直到杆弟背着球袋跑来，他才悻悻地瞪我一眼。

“你不是那个姓叶的小孩吗？”一样是这样的台词，然后他摔了球杆，啐了一口痰，“走开，不要站在我这里。”

多年后的回忆里，我忘不掉的画面是他的五号铁杆充满怒火，小白球往上蹿飞后，树丛中猝然闪出的两只黑色大鸟把几片碎叶震落了，无辜的白球掉在树干下，颗粒状的球面刷出了一道青斑，像只瘀伤的眼睛哀怨地看着我。

那时候的我并不了解什么是悲伤，但要说我毫无痛楚，也是因为我懂得暗藏下来的缘故吧。

雪不在的小镇，眼中所见已然空寂无人。我的单车越爬越吃力，每天下工后缓缓爬着就又来到她家的院墙边。雪的楼窗紧闭，阳台上的灯笼花已经攀上瓦顶，两棵大黑松高高对着屋檐垂视着，像她黑影幢幢的父亲母亲。

她家的宅院一直是我们小镇最显眼的冠冕，医生父亲每早穿着睡衣在院子里看报，母亲则或许因为得过特考榜首的缘故，连蹲在地上修剪花木都还穿着黑色法袍。可想而知来自权威家庭的雪，她的世界就像一帧三人定格的全家福，父母两旁，她站在中间，像被呵护但也似乎永远被他们看守着。

我仍然四处做杂工，领回的薪资分文不取，每次趁着父亲的债主离开才偷偷塞到母亲的缝纫机上。起初她不知所措，微颤中握着拳头，我知道她想哭，但她忍住了。后来几次慢慢适应后，她才安心流下泪来，那神奇的泪珠仿如泉涌，一滴滴流得争先恐后，好像化为一个字又一个字那般抢着对我说话，却又不让我听出任何言语。是一种没有声音的呐喊吗？是一种充满生命的死亡吗？我看不懂她的样子，只觉得这时的她其实很美，她把泪流干后，突然淘气地往脚下轻轻一踩，缝纫机便开始发出咧咧咧咧的轻响，像一节脱队的车厢开始载她离去，从此再度展开一场孤单的远行。

有时她会把钱塞进夹袄，轻轻拍了两下，防着它醒过来似的，“以后你结婚，这些钱要买大饼，装满一卡车。”她把丝线沾上口水，两根手指把它捻尖，试了几次还是没法穿过车针，“小雪都没有写信来吗？”

我只在心里告诉她，以后的世界，没有“姓叶的小孩”这种说法了。

几年后从军中退伍的夏日，我扛着行李住进三重埔的一家小旅社，终于望见了梦中台北的淡水河。那时我把手上的旧报纸又看过一遍，没错，我中意的一份正职，应征时效虽然已经逾期，但我还是来了。

你别只顾发抖，说不定我们很快就能得救，这应该还不是你最需要担忧的；当我勇敢地跨上台北那个陌生之地，其实已经走在即将把你打败的路上了。

你害怕外面的声音吗，那是空中滴下来的雨露正在敲着车顶，车身既是倾斜着，水洼还没成形便又流了出去，难怪会像老沙滩忽然哗起一波疲惫的浪花。不过别紧张，你再抽根烟吧，我还没听说过死神会刻意打断一个吸烟男人的思维。

对了，明明我的资格不符，你知道我凭什么让那家公司非录用不可吗？

才刚退伍的第二天，我的额上还残留着钢盔的红箍痕，下面是两年前塞在军用柜里的喇叭裤，走起路来脚尾拍着风，连灰尘都跟着骇动。主考官要我坐到他前面的圆凳上，他的桌面大得像一艘船。但他忽然端着脾气，他说他很忙，何况应征程序早在昨天结束了，人事经理早就已经休假走人。

“不过，”他说，“我活了半辈子，倒是第一次看到有人打电报来应征。”

他从桌上拎起那张灰蒙蒙的特急件，“小子你才高中噢，那不就完蛋了。你知道昨天楼上楼下应征的人潮像海水倒灌吗，只有两个人勉强留下来候补。”

他指着面前的两瓶黑色玻璃罐，眼尾溜出了一道贼色，“我给你试试，等一下我会喊开始。你要告诉我哪一罐是盐，哪一罐是糖。听清楚，我给你的时间是一秒钟。”

我的思绪应该暂停一下，你应该也听见了，车子外面突然出现奇怪的声音。

可是，你相信吗？他只给我，一秒钟。

·

我的臆测没有错，骆大海还活着。

很晚的时候，不远处的坡坎传来了一声声亡魂般的哀吟，胖子只顾扑向声音跑，但那声调时近时远，像在空气中弹跳，转眼又在胖子的呼唤中噤默着。最后还是骆大海自己从黑漆漆的芒草堆中攀伸出来，“别喊了，我就在你脚下啦。”

根据他的说词，他从驾驶座飞出去时，全身趴在风中像滑翔翼那样降落在弯坡下的丛林里，那里有水泽也有非常柔软的苔藓，甚至还有一条蟒蛇冷冰冰爬过他的脖子，用它闪电般的舌尖轻轻舔着他的额头，“我一醒过来，感觉好像睡在蚊帐里。”

“干你娘，你竟然没有死。”几近哽泣的黄君尖声笑着。

有了骆大海的重生，旁边的家伙终于又开始蠢蠢欲动，他再度点起香烟，火光下的鼻翼像缺水的花片瑟缩着，“不管怎样，你先让我下车。”

他似乎提醒了我，原来我还主宰着他的生与死。答应或不答应是那么微妙，仿佛一瞬间就能决定一辈子，多可怕，多像那个血脉偾张的一秒钟。

一秒钟能决定什么，人生只是一罐盐或一罐糖吗？那场景那瞬间我不仅错愕而且想哭，我心里呐喊着别开始别开始别那么快就喊开始。如果答错了，难道要我回去过着糖跟盐都分不清的人生？对方五十岁出头，两边太阳穴饱满发光，两只眼睛纷纷射出无情的杀意，而他的指尖正兴奋地敲在桌面上。然后那声“开始”果然脱口而出。

一秒钟。

不是糖，也不是盐。我爆出了巨大的喉音，“是——胡椒。”

我的叫声回荡在那房间周遭几乎长达一年两年。反正后来不断出现的梦中，我常常因着胡椒胡椒的嘶喊而惊醒过来。我虽然不敢想象当时一个箭步冲上前的画面，倒是永远记得我的两根手指猛然插入罐中然后快速回抽，再塞进嘴里所呈现出来的那股人生况味：微咸，微辣，微微令人失落与不安。

那年除夕前我偶然听到的同事传闻是，绝大多数应征者接到指令后的呆滞与纳闷其实早就超过一秒钟，少数还保有生命律动的家伙干脆眨着眼睛瞎猜，一半猜盐，一半猜糖；而像我这种把人的兽性直接射出去的，已经不是人类，应该叫作魔鬼。

后来我才知道，老板就是那天的主考官，他携着小秘书正要出门，那份我突发奇想的电报缠住了他的神经，于是决定要瞧瞧我会是个怎样面对各种危机的人。

危机并没有终止。我被派任的工作是到各处工地搜寻粪便。没错，粪便就是粪便。我找到的粪便不用自己清理，只要一坨坨记录下来，B栋八楼客卧一坨，H栋顶层公卫一坨，B2挡土墙A柱S柱各两坨，以上均为工人粪便其余不计……

从我巨细靡遗的记录中，哪一坨粪便由哪个包商负责罚钱非常清晰明了，我甚至会在每日报表的结语栏注明土狗、宠物狗或家猫野猫的便溺各若干。至于各处工区偶尔聚众玩牌或者就地铺起两三酒菜，那就与我无关了。比较困扰的是外面的槟榔女贩常常溜上来，先把外套脱在门外的梯间，一进门便兜着藏不住的乳浪开始叫卖，卖完槟榔米酒维士比后忽然就地卖起她们的寂寞孤单。老练的女贩两手扒窗朝外看，给自己把风似的任由对方驰骋沙场；年纪轻的大多矜持再三，放浪中不忘羞赧，会要求旁边围起废弃的模板，然后才愿意像只扭捏的小绵羊走进羊圈，全身脱得光溜溜，脸上只剩口罩还戴着，防着半路乡亲或者也防着自己万一喊出激情，于是唔唔之声经常处处可闻，像蒙着棉被不断飘出少女的梦呓。

我以二十五岁处男的腼腆悄悄闪躲这些画面，狂躁的胃酸还是澎湃到脑海，踩着阶梯下来必须紧按旁边的扶手，否则我无法顺利完成人类与狗的粪便解析与统计。

每晚我什么地方都不去，九点准时躺在夹板宿舍里，一连三个月的粪与愤怒终于开始酝酿与爆发。我相中了老板回家的必经之路，那里刚完工的大楼旁边立着一面巨型广告牌。我所期待的强烈台风终于在岛上登陆的那天，黄昏后的城市果然陷入雨海，暴风强袭，电视屏幕断讯，窗玻璃开始发出碎裂声。我穿着制服出门，抵达工地时已经湿透全身，接着我开始脱衣，脱到只剩一条内裤紧贴在鼠蹊瑟缩着，然后我开始爬，一步步攀着广告牌背面的竹架，最后才从被风刮空的格子中露出脸来。

那时我的神情想必充满滑稽的悲壮，仿如一名幸存的水手扳着破帆摇晃在怒海中。我颤巍巍地抱着竹架，高度刚好平视到对街的楼顶，整座鹰架不断发出拔地而起的警讯，咿哇……咿哇……咿哇咿哇。那一瞬间我想起了雪。仅仅隔着一座台北桥，为什么前往她的世界是那么遥远。她大学应已毕业，她的头发留长了吗？那股藏在眼睛里的敌意应该变成妩媚的模样了吧……

鹰架随时会倒塌，倒塌的声音不可能被听见，四周连路灯都灭了，只有黄蒙蒙的车灯偶尔会在一片苍茫中照过来。但我仍然不放手。只要老董回家，他的车子应该会停下来，这里是他的财富地盘，难道他只关心糖或盐吗，他当然会在惊吓中摇下车窗，然后气急败坏地对着空中狂叫着，你你你，你不要担心这些广告广告牌了啦。

两年后我被拔擢为董事长特助，五年不到已经晋升中部新公司总座之职。满六年的某个秋日午后还不到两点，我已穿着笔挺的西装坐在沙发里等待，喉结下的纽扣卡住吞咽长达半小时。两点整，我可爱的女秘书准时推门而入，那个奇妙的瞬间终于打开了我的世界，访客穿着严整的深色套装，跟在秘书后面走了进来，雪的母亲。

她在我的约聘书上签字，从此成为法官退休后第一家企业的常年顾问律师。一阵寒暄中，彼此虽然没有谈到雪，却同时暧昧地忆起曾经住过的小镇，连巷子里不挂招牌的一摊蚵仔煎都让我们怀念得异口同声。为了预防话题突然中断，我竭尽所能搜索着其实非常有限的乡里趣谈。但她笑得很苦，嘴角的粉霜爬出了皱纹，约略看得出她还有一桩心事想要启口，却又期待我是否能够自行体会。

很快来到的第二年秋天，我身上终于别着一丛胸花，恍惚走进了那天夜晚的光荣梦幻。婚宴在我投资的饭店里举行。我的岳父提早喝得醺醉，他在后台休息室里频频空挥着手势，提醒我在把小白球挥出去的瞬间，眼睛脖子一定要跟着杆尾的弧形韵律转到底，眼睛若是盯着球跑，保证那颗球会跑出意外的方向，“懂了吗？绝对不要往前看，”他放下酒杯又示范了一次，“要像这样，这样……”

我心里告诉他，那不是我要的人生。我这一生可能不适合高尔夫，也许我可以学射箭，把弓拉紧后就得往前看了，眼睛盯着标靶，心里想着标靶，不论清晨黑夜甚至从生到死，我对人生任何一个标靶都能屏住呼吸直到心跳完全停止。

当我们哼哈着仿佛人生各种荒谬的球路时，披着白色头纱的新娘走了进来。

“你们为什么不出来，客人都到了。”她冷冷地看着我。

那是头纱里的雪的眼睛。她是不情愿的，但我还是流下了激动的泪水。

·

雪的身体，雪的灵魂，如同一只手的双面，都在我身上拥有了。我是这么想的。蜜月旅途中我还带她住过小镇的夜晚，也特别绕到天后宫拜祷一番，那忽然瞥见的门口的石鼓上，仿佛终于跨上了十来岁的我哩，而广场上的呼声不绝，玩伴们纷纷露出羡妒的神情，且我一坐上去就不肯让位了。不能把我超越，那就只好羡慕吧，那些愚蠢的掌声听来是过时了，下一个战场还等着胜利归来的我呢！在那匆匆一瞥的意识中，雪根本无法体会我心里的细微。

她的哀愁一直映在脸上，从新婚之夜起，到分手那天都没有消失。曾经鄙视我的老人，十年后为我钦定了梦中的婚姻，然而这份荣耀却成为雪的屈辱。对于我忽然成为她的丈夫这件事，似乎视为命运那样地忍受着。

她不发脾气，也不对每天深夜回家的我发出怨言，若有几分不快也只是随口轻声，说完就过去了，好似说着姐妹间的琐碎事物。当她后来表达想要重返教职的念头时，脸上也还看不出几分决意，那种冷漠与冷静仿如与生俱来，仿佛即将远赴殉情的约定，是那么细腻地、那么惆怅地打包着离家的衣箱。

“怎么会这样？”我说。

“你让我害怕，”她别开脸，闪出泪光，“为了打败别人而活着，你变成这样的人了。下一个目标又是谁，你都想好了吗？”

有人还在听我说话吗？

有人知道在这寂寞荒山，还有我这个有话说不完的人吗？

两眼盯着黑暗山谷的另一个人，脑海里只有等待中的红色警车灯吧？

十一点过后的雪，裹起她孤单的棉被，关上宿舍里的最后一盏灯了。

其实来不及了。沉默的坡坎吞食了太多的雨露，仅有的两个车轮突又陷下几分，原已碎裂的挡风玻璃开始一片片震落下来。胖子他们闻声冲到窗边，个个只能弯腰背着手，活像一副谦卑的问路，生怕一道粗心的指尖就把车身推落了。

这时旁边的家伙紧紧揪住我，“这样下去我们都会死，我要下车。”

我总算看清了他的脸，三角眼很亮，很像一抹孤独的星光。他急着掏烟，发现盒子空了，嘴角挫了一下，忽然咽出了浓重的鼻音。

“不要怕，你本来就是应该活下去的人。”我说。

“啊，你为什么这样说……”他叫了起来，不敢相信耳朵，不敢相信我。

他的谈兴或许正要开始，我却觉得一切应该结束了。

难道是我的错觉，屁股下的座椅正在倾斜了，真的来不及了。我打开头上的按钮，车子里忽然凝亮起来，像慢慢晕开的谢幕后的散场灯。

我把上身缩紧，抬起双腿搁在皮椅上，空出了通道让他爬行。

外面扬起的叫声是那么飘忽，而我只听见自己的喘息，“出去吧，我要关灯了。”

难以置信也罢，就这么决定吧。显然他留恋着最后一眼，看着我，看着美好的窗外，最后总算缓缓合上眼睛。他压低了头颈，开始像一条蟒蛇滑过我的脚下。但他两腿抖得厉害，上身虽然出去了，膝盖却卡在车上无法动弹，几度试着翻转，最后才靠着身上的引力慢慢拖移。对他而言这是何等漫长的时光，果然让他抽噎般哭泣着了。

然而这样的关头上，我不想听到任何哭声。我真的想要关灯了。我相信黑暗中只要一直凝望着山谷，终有几颗云层里的星星会隐约隐约闪出遥远的光。当然这都必须因为后来我没有死。没有死的人都会活着。我不会忘掉某些还在进行的事，倘若我真的还能活下去，我仍然会依着雪贴在冰箱上的生活备忘录，一个人过着她不在的日子。

总有一天她会知道离家的这些年，我们的家其实已有美好的新貌。我早已为她设置了一间花房， 有一条檀木走道能够让她回味老家的样子，有制成桩形的几座书柜营造着宁静的空间，也有一丛丛灯笼花热闹得连楼上住户都想偷摘一把。而且，以后呢，以后每晚八点以前我会赶回家，我气喘吁吁等着壶嘴冒出白烟，然后学着注水温壶，铺上绣花的茶巾，试着把杯托搁在她的空位上。当我提着茶盅准备出汤时，我也会盯着指尖的颤抖，从跳晃的汤烟中严格挑剔我自己的内心。

我的心真的非常非常累了。从咆哮的会议桌一下子要遁入丝竹悠扬的茶席，多像刚从厮杀战场突然走进禅室中，多么难，多么令人惆怅与不堪。但我努力着了，茶道中的宁静会来洗涤我的心灵，我也会随时期待不久的深夜，有一声甜蜜的电铃响遍门厅。像一场刚刚解散的姐妹淘们的越洋旅行，她纤弱地拖着令人失笑的笨重皮箱站在门外，一切像梦一样离奇。

一切都结束了。让我这么说吧。

你看，我连他也放过了啊。

让我也把天后宫的结尾说完吧。我茫茫然从石鼓爬下来时，天已黑了，才想起上学前母亲要我回家拜拜的叮咛，原来这天是中元节。回家后的餐桌没有开灯，母亲等我吞了第一口白饭才夺下筷子，她拉着我出门，把我绑在巷口的老树下，让黑暗中的蚁群在裤裆中爬进爬出，每一口锐刺般的叮咬仿佛都倾注着她的哀戚。

我生命中第一次向往的最高点，便是那样崩落下来的，后来只要梦中出现无人的广场，我几乎都会惊醒过来。每天我准时上下学，多余的童年腌泡在小小铁皮屋里，亲眼看见被债主追杀的父亲走到家门口才倒下的遗体；直到后来，我也亲眼看着母亲最后一次踩下缝纫机的身影，她的车针忽然静悄悄停在一只别人的袖口上，额上的皱纹连着眼角眯在一起，仿佛沉吟在某个非常隐秘的深处，从此再也没有睁开眼睛。

我暗自发誓要爬上人生更高的石鼓，应该就是那样的困境中萌生的意志吧。

那时我一直深爱的你，不就是我这一生中最大的鼓舞吗？倘若我不想赢，倘若我没有将任何人打败，试问我还能凭靠什么拥有你。

当然，你离开我的理由或许就要消失了。

我真的放过他了啊。你听，他的哭声终于停住了。他的膝盖终于开始往外蠕动了。他因为哭泣而忽然凝聚起来的斗志，看起来真像一副已经把我打败的样子呢。

你会害怕听到车子突然坠落的声音吗？我不会害怕，我只是非常非常悲伤。

我的杜思妥

『小子，一个人不想看到你，都会表现得很谦卑。』

『是这样吗，我看他差一点把你抱住了。』

他望着挡风玻璃外的天空说：『我一生中很少和人拥抱。』

1

只要站在别人面前，我的两只手掌就会不由自主地开合着；先是迅速拳曲，然后为了湮灭证据似的急急弹开，弹开后的手指却又紧缩回去，于是形成一个又一个慌张的拳头不断重复着松放的动作。

站在陌生人面前，对方比较不在意，起初总以为那是自然不过的腕力练习。唯独面对熟人，加速中的手掌便就吸住了他的眼睛，他从内心涌起的悲悯往往带着忧愁，一面顾着和我说话却又难免偷偷鄙视着它，于是很快陷入一种互相感染的窘状而匆匆结束原来的话题。

要说有什么症结使我变成这样，勉强来说也是有迹可循。那时我还在台北念书，每周四次在一个暴发户家里打工，他的办公室设在客厅旁，两排大墙随时开着证券公司替他安装的联机屏幕，中间的信道长得吓人，占了台北一条街那样的气势。虽然严重的糖尿病使他垮坐轮椅，但电动轮子随时载着他左右搜巡，他握着五尺长的指挥棒，只要在跳晃的字幕中猛猛一戳，同时扯开喉咙大声喊盘，号子派来的小姐便噼里啪啦地按键作业，炮火来急去快，不出十秒就完成了几千几百张的进出单。那种瞬间发动的狙击过后，我的工作才得以进行。我蹲在他底下，叩着亲人般面对他从轮椅颓落下来的两条烂腿，肿胀的皮肉除了异味兼呈灰蓝的腐斑，挂在桧木桶里仿如一头生病的大象来到溪边。

先从象腿的顶端开始做起。他穿着宽松四角裤，轻轻撩起就来到了他的鼠蹊，然后他替我扳住窝在里边的巢鸟，要求我用最大的能耐把手掌撑开，然后紧紧压住他的腿肉，中途不准缩手，要一路往下挤，把他前世今生所有的毒素全部挤出来，挤到脚指头才算数，而这样的动作要做完三十个来回。

他说他的人生只剩一个愿望还没实现，就是站起来行走，他希望我不介意上完一堂课就来做这种差事，普通人都不赚这种臭钱。

然后开始洗脚。洗掉那些倒霉的业障，他说，你会觉得这样的工作很难吗？我说一点都不会，我需要——非常需要这样的工作。

接着才正式进入泡脚的工程。尽管热水滚烫，桧木桶上烟雾弥漫，旁边备用的炉水烹烹沸响，但他的脚掌还是没有反应，他说他的痛觉神经到了鼠蹊那里就迷路了。大学生咧，他对着那个号子小姐说。桶里的热水几乎是滚烫的，他还是不断要求加温，我则一边搓洗着他脚趾沟里的皮屑，一边默默感应那频频刺入指尖的剧痛正在由近而远，慢慢散去，然后留下麻痹的知觉。

那时我唯一能做的，也只是把浸泡在滚水里的两只手来回伸缩，如同马戏团里抱着火球在空中换手的杂耍艺人那样。认真说来，那只是肉体的试炼，我从未把这件事放在心上。毕业后我还与人加盟过烧饼店，擀面皮的双手也伶俐得很，只差没让自己沾上芝麻一起烘进炉火中。我也曾经凭着经济系毕业的学历在一家银行谋得柜员职缺，在银行还没让金控公司整并的短短几年里，我亲手点阅的钞票何止千万张，也从未被人指责有过丝毫短少。后来回到镇上的毛袜工厂任职，无论验货出单大小事，或者老板娘嘱托的换尿片泡奶粉以及哄着小娃儿玩铃铛，我都能靠着平庸的能力处置得妥妥帖帖，每天非常安心地被人漠视着，从来没有任何一只眼睛会特别多瞧我几眼。

一直到确认了静子的婚讯，才变成了这样的体态。

那天早上镇里的街道普照艳阳，迎娶的车队卡住了两个路口，喧天的锣鼓把新娘家的老屋顶震荡得像一艘危船那样飘忽，由镇长夫人带来的一群课室主管边跑边慌张地穿戴着白手套，生怕万一错过男方富豪临幸的荣宠画面，这小镇将要永世沉沦。

十根手指突然奇异地蠕动起来，便是静子的白色婚纱乍现檐下的那个瞬间。起头只是指尖的颤抖，感到寒冷，自然握紧了拳头，没想到它竟不听使唤而挣开了。再一次握紧，指头还是挣脱了出来。喧闹声中我拼命咽着口水，我知道我只是稍微慌乱罢了，除了暗自平抚着内心，我还试着把十根手指轻轻说服，像哄着小孩躺进被窝里似的，没想到它们竟也跟着同样的节奏，又缓缓地张开。

由于手掌这样的变故，往往牵动着微妙的神经机能，有时会在太阳穴上跳弄几下，然后像是某种邪术的驱使而拧住我的脸颊往下扯，或在体内忽然蹿起一阵凉意贯穿全身，要一直到我狠狠地咬住牙齿，那种阵发性的突击才会在身体某处戛然息鼓。

然而，拳头什么时候异常缩放却还是管不住的，那种狼狈样，像是不断向人倾诉着抓住又消失、消失又抓住……那样的讯息。

站在你的面前，要说的当然不是手掌的故事。

·

迎娶的车队扬长而去后，黄昏前我也搬回到儿时的家乡。这里的村家已经没有熟悉面孔，即使有人见过七岁前的我，人世风物的变迁也早就阻却了任何联想。这地方唯一没变的是村长家右侧的堆肥还像小山那般高，瓦顶上一穗穗的玉米依然曝晒着，阳光下一垄垄新收的谷耙满了整个晒谷场。

我就住在这里。老村长过世后，废弃的猪舍改成了矮房建筑，除了最里间躲着我这样的人，前廊两侧住着几个滨海工业区的设厂筹备员。矮房前贴着奇怪的告示：凡有女性来访，请由后门进出。所谓后门就是从我房间后面泥墙上锯开的三尺柴板，只要风来就刮出咿呀一声的乡野气，上面则贴着歪歪扭扭的字语：禁止过夜噢。

村长额头很大，可惜生来一勾的小脸，随时溜着惴惴的大眼睛。他说他的禁令是不得已的，去年一个厂务主管带着女人过夜，火锅煮到一半就把房间家具烧光了。

你是美国人哟，厝租一纳三个月，现此时欲到期你才出现。他啧啧抱怨着，但显然很高兴我终于住下来，来来回回拿着扫把抹布工具箱，自顾说着他尖细的腔调，没空等我应答。你是老师吗，抑是什么工程师？以前嘛一个同款，拢是文文仔笑，莫爱讲话，哇，到尾仔我才知影伊是大舌猴，讲一句话吐三点钟。啊你哪也随时捏一支笔，我看你不是普通人哟……[1]

我把自己禁闭起来了。每天晚起，过了正午才勉强吞下几口粗粮，一日将尽时才摸黑寻找乡街上的面摊。几箱旧书看了三个月，读累了转而写字，写信给静子，写好写坏好像只为了最终将它撕毁，然后就又来到一样黯惨的深夜了。房间的窗外有条河，每到深夜就有人在对岸打着灯，那黑暗中的光影幽幽晃亮，缓缓

[1] 以前也有一个一样的，总是微微笑，不爱讲话，到后面我才知道他是大舌头，一句话要讲很久才能讲完。你怎么也随身带一支笔，我看你不是普通人哟……——编者注，后同。

垂落的网捞四周漫荡着附近海沟溢流过来的潮水。一日尾声最后的画面，几乎就是那一缕渔灯终于熄灭的瞬间，整个河面顿时陷入漆黑，偶尔传来那捕鱼人低低咳出的一声叹息。

来到岁末，体内终于起了变化，夜夜从惊悸中醒来，慌张套上鞋子，走晃几步才停下来，慢慢察觉外面还在沉睡，只有一种无声的声音在体内流窜，像来自孤单的横笛又像嘶哑的萨克斯风，或者就是双管齐下的对决，一起混奏着突兀难忍的哀伤。

我强烈感觉若要活下去，就把自己的故事写出来吧，证明我不是因为静子才陷入这样的哀伤，而是从我出生便已走进这样的旅程了。为了练笔，涂了两篇无关的咏物小品；也为了凝结思维的深度，试着把偏乡的放逐熬炼成诗。没想到小品文被两家报刊相继退回，至于那些分次投递的诗作则被裹在一个发霉的信封里寄还到我手中。 我虽不因为这种打击而放弃想写的过去，只是刚开头的热情终于冷却下来。我的犹豫也算理所当然，有谁管你的故事凄不凄惨，我出生远僻的荒村但乡土文学刚好也在那个时代画下句点；然而我也不够老，既不能像悲悯的行家去抨击丑恶的金钱物质，对所谓贫穷富贵其实也毫无深刻概念，否则静子的母亲也不会有那般嫌恶的眼神了。

小脸村长闯进来几次，我从柴门的咿呀声中还能稍稍提防，有时他直从大门入侵，蹑着脚，忽然一把推开。好险呒吵到你[1]，边说着，一大碗红豆米糕直抵我下巴，还附上筷子搁在碗口。啊你咧写对象噢，无简单唷，我一个叔公卡早日据时代听讲嘛写诗，用毛笔写咧，你知否，伊就是有法度一捆白纸舞到黑索索，一写归百首，写到吐血嘛继续写，比彼个苏碗糕，你知否，彼个啥咪坡啊，搁卡厉害[2]。

像他这样鬼魅般不时出没着，原以为这是非亲非故非常难得的关怀，我丝毫未察觉原来从我踏进村庄第一天开始，已经被他窥视着了。

来到这天夜里，我用路边捡来的一条麻绳悄悄抛上了横梁，刚在空中拉出一个结实的项圈正在晃荡着，竟也被他有意无意撞见了。他的小脸因为惊慌或者害怕的缘故，忽然溶解在昏暗的光线中，只剩青森森一对猫眼直视着梁上的鼠辈似的。我举着双手扣住项圈，朝他示范那种引体向上的锻炼是多么地艰难，原本还想开口说，我正在练吊环呢，然而这时也只能垂萎地挂在半空，那一瞬间消逝的臂力也许来自羞惭吧，当我慢慢滑落下来时，他已经一声不吭走了出去。

梅雨开始下了。一日午后放晴，田垄外的竹林终于传来初唱的蝉鸣，檐外那些多刺的柚树也飘出浓郁的花香，我掩着草帽

[1] 幸好没吵到你。

[2] 你是在写情书哦，好厉害，我一个叔公在以前日据时代听说也写诗，用毛笔写，你知道吗？他就是有办法一捆白纸写满满的，一写就是几百首，写到吐血也继续写，比那个苏什么，你知道吗，那个什么坡，更加厉害。

躺在屋廊下的长凳上睡着了。醒来后的晒谷场却已经哗然一片人影，广播声还在空中回荡着，说是一个建筑业大老板亲自来募工，此刻他就坐在场中央的那部黑色轿车里。

几个平常依赖短工度日的壮丁抢着填表，村长搁下麦克风后走了出来，他直接趴进车子后座说着什么，留下两只大腿斜撑在车门外。我拾起草帽继续盖住眼睛，却已静不下来，听见车门关了又开，一些落叶被踩碎的杂音不时传来，这时突然听见那张小脸用他尖细的声音说：他还在睡哩，树仔脚彼个，倒在椅仔顶[1]。

不久之后，尽管我闭着眼睛，犹然发觉有人朝我走来，像一团强烈气流虎虎逼近，这个人一站定就俯身下来，毫不掩饰地垂视着我，然后用他低沉而嘶哑的声音说：我要像你这样，不如去死。

我想了很久，无法动弹，那声音似乎还在回绕着，这辈子一直让我无法忘却的声音就在这里了。我以为他还有下文，结果落空了。我直起上身，这时他却已经走进喧哗的人群中。

那部黑色大车后来发动的时候，他在司机缓缓关上的车窗里从容地往后靠，拿起墨镜架上了鼻梁，那仿佛鄙视着我的神色这才消失在扬长而去的灰烟中。

---

[1] 他还在睡呢，树下那个，倒在椅子上。

完全没有想到，我这一生中还会看到他。

2

四月谷雨，灯笼花开，村间静得只闻鸡啼，埕边墙上的告示早已糊在雨中，那上面写着募工条件和报到时间，其实两天前的大巴已把那些壮丁载走了。

不放心的小脸村长从附近秧田折返时，我还呆坐在房里，他刻意敲了几响，语调也不轻松了，只问行李为何还没整理，他一边推开柴门望向雨中的青秧，一边说着都会城市正在大兴土木的盛况，那几个被征招的壮丁都是到工地扎筋的铁工，只有我是文书职，这还是他特别推荐才有的机缘，可惜报到时间只剩最后一天。

我只想着这件事该不该告诉母亲。她在山寺里的修行已近十年，尘埃在她眼前该已落尽了，要她回头听我谈起几天前的奇遇，没有比这更残忍的吧。

然而要是没有她，一切还会那么真实吗？

母亲和我从小是寸步不离的，每天挽着她的袖子几乎就是童年的印象。而挽着袖子所看见的，经常就是那辆频频出现的自行车，时常歪歪斜斜朝我们冲刺而来，由远而近，两个轮子匆匆刹住，撇下左脚撑住了车身，然后大声喊："你有钱否？"

得不到想要的答案，那两个轮子便急躁起来，车头一扭又消失在边巷中。

只要挽着母亲静静看着，迷惑的事也能看明白，她会慢慢说着，像是说着别人，眼睛直直看着雨，看着前方路上的屋顶或者一棵树，"他输光啦，现在自行车停在巷子里面最后一间，借不到钱，很快就会回来了。"

果然回来了，大口吃饭，满嘴塞得鼓胀，眉眼两边一些浮跳的青筋忽躲忽闪。桌面两碟小菜，有时只有一盘丝瓜，但他很少去夹它们，他的心思不在这里。他会在吞饱了白饭后往嘴里丢着花生米，嚼两下，停很久，有时嘴巴忘了闭回去，一动不动地瘫坐在他的椅子上发呆。

他在想事情，母亲说。母亲开始洗碗，然后在身上擦擦手，走过来检查我的注音练习簿，然后自然地说起来："他想的事情很多呀，明天到底要去做油漆工，还是想办法借钱去翻本。他当然也会想呀，明年你要上学啰，家里不能没有钱。"

找他上工的承包商一个个躲开了，借给他的钱不敢来要，怕见了面又缠着要周转。母亲又说了："爸爸没什么大缺点，你看他也不抽烟，才不像别人。也很少喝酒呀，舍不得买酒喝。嚼了半天的槟榔渣，最后也是吞下去的，好可怜。"

我并不知道那时的母亲其实已经濒临生病的界线，她平淡的语气仿佛就是为了治疗她自己。然而我却因为她的轻描淡写而开始对他景仰起来，悄悄期待要是有机会单独和他说话那会多么幸福。期待终于实现的那一天，远远发现那熟悉的自行车转进小路这边时，我第一次发觉自己的心跳原来是听得见的。我终于单独拥有他了。我羞怯地朝他笑着，然而他的神色土灰，自行车抛在墙角，进到屋子里便开始动起手脚，每个抽屉拉到底，爬满蜘蛛网的老柜子也放倒下来，翻出的衣物散落一地。临走的时候他才看着我，俯低了上身，张开他的血红大嘴，把一股浓浓的槟榔味哈在我脸上，然后用他那嘶哑的声音说："不要说是我噢，知道吗，刚才是小偷。"

我记得当时的自己还朝他仰望着，脸上沾着槟榔的飞沫不敢擦拭，看着他的自行车一推出去马上消失在巷弄中。

他的体架算是高大，在我眼中像只老鹰盘旋在屋顶，饿得无法发出声音，只有在发现猎物时才飞扑下来，就像那天进来抄家打劫的狼狈身影。

二十多年后他疏忽了。声音是最容易辨识的，何况是那老鹰的声音。

·

我决定开始打包衣物时，并没有找到出发的理由，只因离报到时间非常紧迫而让我生起了恐慌之感。显然我只在意着报到这件事。我相信像他这样突然混到那种层次的厉害人物，什么世面没见过，若我还是踌躇不前，最后一刻他还是会把门关上的，那时我才懊恼他凭什么能够逍遥自在，岂不更加愚蠢可笑。机会既然出现了，那就溜进去把他看清楚吧，最后我是这么打定主意的。

当我来到镇上的公路局等着转车时，心里却又犹豫起来。

我会碰到很多人，然后呢，已经相安无事的手掌又开始出现异常。

或者，我将因为自己的平庸和卑微，还没达到目的就被他们辞退了。

与其这样。与其那样。那么，到头来……

午休中的车站没有几个人，不久之后载着我的巴士将会绕过三角公园的钟塔，而塔上的三点钟方向我将看到静子住过的房间小窗。我所看到的景物虽然都在但其实也都已经失去了，而现在要去的偏偏又是一个陌生的地方。我今天所以变成这样，难道不是他的过去种种所带给我的吗?

他最后消失在眼前的那天，我还记得那里的野姜花开得很美。

那是一间木头搭盖的隐秘平房，前门是封闭的，屋后临着一条圳水，他拉着我从水道旁的草丛爬上去，两脚不时深陷在泥泞里，我开始害怕起来，湿地上满满的野姜花让我一直想着母亲。那时我全身滚烫得没有一丝力气，感觉得到身上的重量被他拉着拖行，我不知道他要做什么，他才刚答应出门打工的母亲留在家里照顾我。

我以为他要带我看医生，或是去哪里玩。

圆桌上围着五个人。我站在他的肩后，两只眼睛刚好对着他的牌。虽然看不懂他在赌什么，却让我发现了连母亲也不知道的秘密，他似乎拥有另一张脸孔，突然露着非常专注的表情，两眼眯着，纸牌在他的指间紧紧捏住，充满希望又像恐惧，不敢随意打开，也舍不得打开，手指慢慢搓着，连他的后脑勺也跟着沉了下去。

那个时刻他终于像个父亲，那几张牌像自己的孩子那样地被他疼惜着。

终于看完了牌，才想起背后的我还在等待着，于是回过头问我，有烧否？

然后他把筹码推到圆桌中间，等待下一张牌发出来，不再回头，连呼吸都停了。

那天下午我一直听见快要断气的喘息声在我胸腔内起伏着。但我不愿让他知道，我甚至想着还好有他在，有什么事他自然会替我排解。那是一种多么神圣的信赖，我鼓舞着自己一定要撑住，不断地撑住越来越模糊的眼睛。

直到沉默的赌局突然爆出争吵的声音，四个人和他扭打起来，圆桌也被他掀翻了，最后他扛着我冲出去时，我的眼前终于完全失去任何影像。

结果那天晚上他溜出去把那间房子烧掉了，从此再也没有回家。

3

把我带去管理部的蔡经理，指给我一张靠角落的位子。前任留下来的文件积滞未清，桌面黏着油稠的灰尘，一堆黑白交缠的电线在桌子底下绕来绕去。

看到抽屉里面有什么，你就做什么，蔡经理说。还有，公司正在推行节流运动，我看这件事就让你来执行。譬如说圆珠笔，你听过有人一天写掉一支圆珠笔吗，不好的制度都给我改回来，就从你开始。你一个一个去问谁要圆珠笔，先预约登记，旧的拿回来，新的才发给他。这样你懂我的意思吗？你这样抖来抖去那我怎么交代事情，你是怎样，哪里不舒服？

公司很大，座位上的员工却没几个。我最后进去的财务室，里面只有一个打毛线的阿姨。我说我要找人，她说她就是，那情景有点好笑，于是两个人同时哼哈了几声。我提起圆珠笔的新规定时，她说，来不及了。

“酒店喝掉的，每次可以买一万支。”她瞪着我手上的登记簿，勾起银色的线针去抠她的后颈，“反正我不想管了，有多少钱入账，我就发多少出去，周转问题本来就没我的事。哼，圆珠笔。”

她看我愣在原地，建议我不如直接到董事长办公室，一票主管都在里面鬼扯，这时进去倡导圆珠笔恰恰好。我犹豫这样太冒失，但她说，去看他们在做什么也好吧。

报到那天大致就是这样的情景。我听完会计的建议后，还是回到座位上等着，放眼看去的大厅、会客室或一节节的玻璃隔间都是空的，只有总机小姐和几个搬海报的兼职学生在走道晃动着。一直到四点过后，我终于为着下班该向谁报告或者找谁道声晚安之类的困惑，开始担忧起来。

五点二十分，我总算鼓起勇气来到总裁办公室，那个房间的宽度仿佛包围着一条街面，因为本来有光的甬道突然变暗了，只有门下的缝隙一直有白色烟雾漫出来，像失火的征兆在蓝色地毯上飘移。

我终于把门推开了。我以为我将站在房间中央被一群人审视着，因此当我用一只手推开门后，很快就把另一只手的登记簿抓回来，然后双手紧紧握着各自的对象，而且我的脚尖还偷偷地钉死在地毯上。我相信在这要命的瞬间，我已经准备好了。

十来个面孔在一条长桌上围聚着，没有人听到敲门声，半晌才有一个主管转过头来，问我为什么站在那里。我只好把圆珠笔的事情说了一遍。我相信在这世上，应该没有人会为了圆珠笔而站在烟雾弥漫的众人面前。

“噢，新来的，那就自我介绍，看要怎么称呼你。”

“我叫丰志。”

他噗了一声，邻座跟着笑起来。

他这种反应其实稀松平常，以前也有人这样笑，有的甚至因为直喊疯子而浑身充满快感。这时我也很想接续他们的笑点，说些猪屎或鸭屎之类的我的绰号来增添愉悦的共鸣。反正这些突兀的笑声让我感到自在，我被他们随性的气氛松绑了。

为了延续彼此间难得熟络起来的氛围，我还主动介绍我从母姓，名字也是后来重改的，一时疏忽了谐音才用到现在:“以后圆珠笔的新规定就拜托各位，执行太严格的话，请不要把我当作疯子噢。”

果然反应更加欢畅了，几个原本较为含蓄的家伙总算放心地爆笑起来。

但我憎恨他们。我们认识的起点是这样，以后就会这样；多数人遇到可供取笑的源头都是不愿错过的，寂寞无聊或者碰到困境时拿来玩玩也就会感到特别欣慰。

我从弧形海湾般的办公室告退出来时，他们又继续聊起先前的话题，都是一些你来我去的模糊语意。长桌上除了烟灰缸就是散乱的大小蓝图，两台电扇朝着玻璃帷幕的小推窗往外吹，烟雾则从挤压的洞口回旋进来。

在那迷离的晃荡烟影中，领头坐在长桌主位的侧影应该就是我父亲，他在围绕的人圈里只冒出灰白的发色，但他从烟雾中咳出来的嗓音是听了就明白的。我并没有注意他是否抬起头来，何况我也觉得他没有特别看我是正常的；只是个管圆珠笔的家伙进来报到而已，他让其他主管把我消遣一番其实也就够了。

然而那天晚上，有个疑惑的影像一直来到脑海中环绕不去。

一个月后我总算明白，他们没事都会在黄昏凑在一起，聊着房市行情的变动、土地买卖的信息或者女人的肉体，以便延续当天的晚餐以及酒店的行程。那个会计说，建筑业拢嘛这套习惯，只是咱这间搁卡过分[1]。我也听到外面盛传的跳票耳语了，很多承包商陆续撤出了物料和整个工班，他们串联着见钱才要出工的抵制，难怪村里那些被载走的壮丁，一办完人事登记后，马上就被送到那些缺工的现场去应急。

要说那些同乡是被利用也不公平，至少每周都有工资可领；倒是我的角色变成等闲之辈，所谓文书管理也就那几本档册翻来覆去，再来只是把已购与未购客户的数据备注清楚，存盘打印之后顶多再跑几趟邮局。我虽然没有绑扎钢筋的适格体架，但也不再拥有像个杂役般的耐性了。又两个月过去，会计也辞走了，来了个刚刚毕业的小羔羊。我就跟她说了，虽然是节流运动但你因为刚报到所以不用拿旧圆珠笔来换，你只要在这上面签收这支……才说到一半，我终于萌生辞职的决心。

过了一周后蔡经理找我谈。他穿着不用费心的蓝西装，缩水的肩宽拱起两边骨架，细瘦的脖子便沉在领子里，加上此刻他的脸孔皱成一团，很像一个木偶晾在散场后的空中。

他不断地叹气，说以前求职者想要进来，先排队等半年再说。

你看路尾那家搞建筑的，伊母咧[2]，以前只是卖马桶的小经销商。

[1] 建筑业都是这种习惯，只是我们这里更加过分。
[2] 粗话。

啊，我们是冲太快了。

他把辞呈推到桌角，摘下眼镜。这样啦，你总要让我去报备一下。

隔日午后，空敞的大厅忽然热闹起来，那些每天瞎诈唬的主管们总算出现了。黄昏之前的例会虽然有时取消，但他们大多借事往外跑，不像此刻的氛围急冻下来，满座的办公室安静得又像回到原来空无一人的样子。

而我突然被通知，我必须马上进去那个海湾般的房间。

·

长桌当然是空着的，但旁边有个隔屏打开，一个更大的空间隐藏在里面，临路的帘子没有卷起，渗进来的微光印在油亮的盆栽叶脉上。他穿着拖鞋，靠近窗玻璃下方来回走动，凝滞的空气中响着很轻的沙沙声，鞋面在地毯上沉重地拖行。

他叫我去坐旁边的沙发，他在等一个电话。然后他继续来回绕转，后来慢慢加速，像一只蚂蚁爬在火柴棒上，但也不像，应该没有满头大汗的蚂蚁吧。

后来他自己把电话打了出去。原来他想延期贷款，但那沙哑的语声听来十分软弱，好似在恳求对方，却又不像，因为还没讲完突然就把电话摔掉了，那个话筒够不到桌子底下的地毯，只能吊在半空中惶恐地摇晃着。

“把你当自己人，我就不忌讳说这些，反正银行都这样。”他说。

有了这样的开场，他干脆进入话题：“以前拜托我借，现在强迫我还，驶伊母[1]，以为我这里在下雨。”

接着开始说着心底话，每家银行的放款额度啦，建筑同行抢钱啦，到处放假消息要把他搞倒啦。他发现我没有认真听，顿了下来说：“大学念什么的？”

“经济。”

“那不是白混了。”他挂上右腿，“经济用念的吗，不过无所谓啦，说太多你也不懂，经济可以像一把火越烧越旺，也可以像空气一样把人闷在里面等死。你只要知道我为什么找你来就好了。”

我不知道。“你知道这家公司，还有我这个董事长，最缺的是什么吗？”

钱吧，我心里说。

“形象。你懂吗，现在流行这种假东西。卖产品就靠形象包

[1] 粗话。

装，把几个凤梨酥包得美美像一盒钻石黄金，还没拆开已经把人感动到掉眼泪。大家都这样搞，假的变真，真的反而吃亏，我现在就是最惨的例子，盖房子不会偷工减料，这样有错吗，没有经过形象包装竟然就会这么倒霉。”

他还没说完，忽然叫我仔细看着他，朝我端起他的脸，合上嘴唇，摆正了下巴。

“怎么样，你看到什么？”

我摇摇头。

“你还真的不懂，就是请你把形象建立在我这张老脸上。蔡经理说你文笔好，我才想到应该也要弄一本传记来壮大声势，你懂吗，成功故事谁没有，那些王八蛋就是经过包装才能摆在书店唬人。你听好，明天开始跟着我，随时把我说的记下来，年底我要印三十万本，最好杂货店也看得到，像家家户户在贴春联。”

他通知总机小姐送来一包香烟，塞了自己一根，其余整包丢过来。

难道你不抽烟吗？

那，你有没有喝酒？

没抽烟，没喝酒，不要跟我说你也没有碰过女人。

“那你不是完蛋了吗？”他朝后一躺，“什么都不会，那你要怎么写我？”

虽然嘴里埋怨，看来还没把话说完，那根香烟在他唇侧转动着，像根活动天线频频搜寻，转到一半又停下来说几句，说完继续搜寻，然后再停下来。

他说他有一半的日本血统。五岁时，有个妇人带着行李经过家门口，哭得很伤心，狠狠把他抱在怀里叫着沙哟娜拉。他说他从此记住了日本女人才有的味道。结果父亲回来后拼命打他，说他妈妈早就在阿里山林场被一棵大树压死了。

“我父亲每天喝酒，所以我就离家出走。后来，我打听到一个超级有钱的外省婆患了重病，就去她家做杂工，一做三年，直到被我父亲找到，当场打断腿，那时我才十五岁。”

他果真翻起裤管，在膝盖下方幸运地找到了一个凹陷的伤痕。

“所以，我念的书比别……人……少，”突然刻意咬着字音，“你没有听出什么吗？”

我不知道他还要怎样。“卷舌啊，为什么你听不出来。那个外省婆教我的，我刚学的时候每个字都卷舌，听到的人雾煞煞。他妈的后来我才知道，人生不就这样吗，没有必要做什么事情都要那么一板一眼。”

我虽然边听边写，其实很多地方刻意漏掉了。他小时候的事情与我何干，还需要多久才轮得到我的母亲，他的生命中难道没有我们的故事吗？

后来当我起身离开时，突然瞄见了他桌上的一块小铜牌。

一定是在哪个环节上弄错了，铜牌上面的名字并不是他。

他应该叫杜统勇。以前庄头有人碰到他，远远就会喊着统勇啊，你是世界勇啦。母亲也说，他最厉害了，输光了也睡得着，难怪名字叫作统勇。杜统勇烧掉房子后，派出所送来的通缉文件上，也是同样的名字，一个也假不了。

深铜色的名牌上，隶书字，浮刻体，凸显着奇怪的三个字：杜思妥。

·

我回去翻了一整夜的书，有关杜氏的，杜思妥也夫斯基。

我的文学情人，我十八岁阅读的杜思妥也夫斯基[1]，已经辞世一百三十年。

那么多年后，一个荒谬的复制品，一个黑色玩笑，竟然出现在那个可悲的房间。

第二天，我没有依约跟着他。我借着总务外出之便，很晚才回来打卡。第三天请了病假。我梦中的杜思妥也夫斯基并没有施

---

[1] 即陀思妥耶夫斯基。

加压力，而是我自己感到十分羞愧，包括从静子的结婚、手掌的变故、返回乡下隐遁寻死，一直到有个可笑的杜思妥忽然出现在眼前，我似乎一直被某种看不见的梦魇这样牵引着。

后来一想，还好他要出版传记，名字的疑问也只有他能回答。毕竟在我的想法里，他甚至连姓杜的资格都是不应该有的，他已经把我的杜思妥也夫斯基污辱了。

然而他也没有追问我的行踪，只是对于出书的进度显露着焦虑，他认为我还没准备好，如果已经准备好了就不会是现在的样子。什么样子呢？

“我看你的死鱼眼就知道，你的热情不见了。你刚刚不是问得很好吗，我的名字怎么来的？不要闷着脸，你应该很兴奋才对，因为我的名字也就是这本书的核心。”

话题马上跳进了他的一九七九年。

“十二月天，我刚好碰到了那个‘美丽岛事件’。”他说。

那天傍晚的人群中，他也举着一支火把，跟着队伍前进到圆环时就被团团围住了，一边是待命的消防车，一边是全副武装的镇暴部队。光说到他们是如何和那些武力对峙着，整整花了半小时还没说完。

最后他在中正一路偷偷弄掉火把，跟一个警察说：“我只是来高雄找朋友。”

“反正我不是那种料，逃出来后只好跑到台中的夜市卖鳝鱼面，没想到才两个月就给我炒出口碑，那些潭子加工区的女生超爱一边吃面一边看我表演。大火先爆香，鳝鱼快炒二十六秒半，不是盖的，火焰离开锅面还在空中热舞。接着油面下去焖，然后溜醋，倒进酱油加糖，最后才下勾芡，这时候鳝鱼面该有的烟熏味就锁住了。”

仿佛他刚吃完自己的料理，还在回味着那个空盘，眼睛直直看着前方。“你知道我最后一盘的鳝鱼面卖给谁吗？”

我当然也不知道了。

“一个贵妇，开进口车来，说要外带，站在面摊前面等。那时我几岁，三十多啰，还没看过漂亮女人长得像她那样的。好死不死那天晚上她大概忘了穿胸罩，好像也刚好忘了扣上他妈的那两个夺命扣子。我就开始手痒了，看到火焰已经蹿上去，干脆再来一招绝活，顿了两下腕力，锅里的鳝鱼果然飞上天，好像都还活跳跳的咧，大概也跟着我兴奋起来，照理讲应该掉在锅里的……”

掉在哪里呢？他作势捧起胸部，耸着肩膀：“医药费八千我付得没话讲，没想到她叫两个兄弟来理论什么心灵创伤。我不想惹事，干脆就把摊子收掉了。”

趁着他上厕所，我在潦草的笔记上打上两个星号。一个是他说的一九七九年，他到高雄访友应该就是为了筹钱跑路，因为烧掉那间房子刚好也是那年夏天；另一件他说不想惹事所以收掉摊子，这也是实情，身在通缉中，该说的只是没有说出来罢了。

他搓着手帕回来时，仿佛话题才要开始：“刚才讲到收摊对不对？你说巧不巧，一个老芋仔[1]顾了十多年的旧书摊说要顶让给我，真是命中注定。我说老乡啊，你嘛帮帮忙，我没念什么书也是因为环境所逼，您这样不是在损我吗？嘿，他说我偏偏就是有念书的命，他要回大陆了，十几大柜的旧书看我爱怎样就怎样。后来我自己偷偷算了一下，他妈的比甘蔗还便宜。”

那个冬天他开始卖起了旧书。面摊转角的公园路，横着水沟的靠墙通道全是他的，从铁线垂下来的一盏盏灯泡随风飘来晃去，连老芋仔留下的那张破藤椅也跟着摇摇摆摆。“我一坐到那张藤椅就睡着，只好在那些书架中间走来走去。便宜是便宜，书也是看人买，你看那些过路的，嘴里塞满鸡屁股，油汁还滴到脖子上，但你要送他书还嫌脏咧，难怪老芋仔要回去。我只好降价打三折再去尾数，反正我也不懂，再拖下去要卖一百年。就他妈的有个晚上，我走累了坐下来睡着了，一个中年人把我摇醒，拿着一本书堵到我鼻子上，他说这个封面已经破掉啦，就算一块钱吧。”

顿了一下，他继续说：“一块钱？真是干他娘了。我那时真的是被他吓到，不就是把我当乞丐吗？我说你嘛卡拜托咧，这本内底是新的，封面破去哪也要紧。卫生纸的盒仔破去，难道内底

[1] 第二次世界大战结束后来台的人。

就不是卫生纸吗？[1]说完我就把书抽回来，决定不卖他了，才要把书放回架子，随手看了一下破掉的封面，天啊，才发现这本书好像就是在写我。”

我也被他唬住了。他的咽喉突然一紧，好像急着传达当时的错愕，神情跟着凝住了几秒钟，接着他又问我，你知道那是什么书吗？

我当然很想知道。他说：“封面虽然破，上面人像倒是很清楚，穿着苏俄大衣，留一把胡子，五官有个性，眼神非常沉稳，看起来就是伟大的人，不就像我的双胞胎兄弟吗？而且奇不奇，莫斯科来的，竟然也姓杜，杜思妥也……反正那混蛋说的破损也就在这个名字底下，但我觉得没差呀，何况书名就叫赌徒，简直冲着我说的。”

他很得意谈到这一段，回味的脑海似乎还在荡漾着。这时他终于回到了主题，指着桌上的铜牌要我看，他自己也仿如观画般托着下巴赏析起来：“你看这名字多美啊，这世界的距离多近啊，原来我就是杜思妥。我到户政那里申请改名，那猪脑袋还问我想好了吗，你真的真的想好了吗？我说我当然想好了，否则我干吗来。后来才知道，原来对方真有意思，他说的就是我的名字咧，思妥，思妥不就是想好了的意思吗？真没想到他也懂。是

[1] 我说你啊，拜托，这本里面是新的，封面破了有什么要紧。卫生纸的盒子破了，难道里面就不是卫生纸了吗？

啊，一切都想好了……”

总算轮到我发问了。“那现在呢，你知道作者的全名叫什么？”

“管那么多，我看到的封面就是杜思妥也。但也不需要多一个字吧，我如果改名叫作杜思妥也，别人不说我神经病才怪。”

“你说一切都想好了，指的是什么？”

“指的是什么？小子，我像你这年纪，比你看得多了。我当然都想好了，何必怕人知道我爱赌，要改变命运就要赌一把，不然乡下土包子凭什么来混大城市。你知道我的意思吗？这要写下来，我的人生就是改了杜思妥才开始的……”

看来他一点都不累，外面已经慢慢黑了，他也不叫我开灯，灰蒙蒙的房间似乎凭他眼里射出的光芒就够了，充满黑暗与希望的光。

4

所谓的传记被迫停下来了，一个形象的包装还没成形，被谣言困扰的工地已经裸露着伤口，绑扎后的钢筋成了一堆锈铁，一栋栋想象中的高楼还在地下室的土方里挣扎着。已购客户来了又走，投诉媒体还拒绝缴款，建筑融资的拨款也被银行扣住了。

紧急应变的会议开了又开，最近的一次总算露出曙光。

“杜董，如果照这个条件卖，他们就来签约付款。”主管说。

“那就照这样。”

“我仔细算过了，其实我们没有赔。”另一个说。

“是没有赔。”

他随口漫应着；为了避免跳票，被迫停工的建案只好又一次贱价盘让给同行。他的前额冒着汗光，眼睛眯在香烟的烟雾里。我在旁边看着看着也慢慢懂了，他再怎么眯着眼睛等待奇迹，也只能像当年的赌桌上那样，一次次把筹码丢出去就出局了。建筑的专业他有吗，严格来说他是不懂的，只能依赖外来杂牌军组成的这个散漫团队，靠大环境吃饭，靠炒高的地价发迹，然而出了状况后每个人看起来都变成了局外人。

贱卖的决议通过后，他们开始赞扬起来，啊董事长，这种壮士断腕的魄力只有你才有，历史上真正的谋略家也都曾经这样啊。

无缘无故还是找到了庆功的理由，他们说，一起到韩国散散心吧。

几天后果然浩浩荡荡来到了华克山庄。所谓散心就是豪赌，一行人在赌场的外厅换足了筹码，陆续来到一个圆柱下聚集整队，他们让已经发福的杜思妥站在前端，其后排成二三四的队形。许多经过的观光客不解地看着我们，站在后面的我同样也是一头雾水。集结完成，终于有人一声令下，小队形便突然一致踢出雄壮的步伐，个个齐整地低吼出喝喝喝的声威，像一队走路的雁群，大摇大摆地撞进赌场大厅。

一个沙场老将私下告诉我，以前景气的时候，声势大过现在五倍，赌场经理高兴都来不及，华克山庄原本最讲求赌场气氛的静谧，但为了这大笔生意就不看在眼里了。

我们的牌桌和别人不同，旁边围着红色绒绳，外人不得进出，押注从百万韩币起跳，桌上每个人都有纸杯，吐槟榔汁的动作匆忙而优雅，筹码押出去后才慢慢安静下来。

杜思妥每次来这里只玩三把。百家乐的赌法，战局分成庄家与闲家，两边都可以押注，谁家的两张牌合计后的尾数最高，谁就赢。杜思妥前两盘都赢，最后一注全押，所有的筹码堆得山高，叠在顶上的还危危颤动着。等着发牌时，回头跟我说："我在赶时间。"

三分钟后我跟着他从大门左侧的小路走下斜坡，来到低地平台忽然陡高起来的一家餐馆，四面迎窗，每张桌子中间藏着一炉炭火，滋滋作响的空气中飘着牛肉的鲜香。他闷闷地望着窗外的汉江，我却还是停留在刚刚那一注的惊险中，赢得回来多好，可惜他一直一直把他拥有的陆续输掉了。

他灌下两杯韩国的真露酒，眼里爬出了血丝："这些吃里扒外的，还早咧。"

他突然要我回想一个人，蔡经理。

我的脑海很快浮现出那张小黑脸，那套严重缩水的蓝西装仿佛就在眼前。

"这种赌场打死他也不会来。以前他是种水果的，'美丽岛事件'后我不是躲很久吗，就是住在他家后面的小工寮。偏偏这种人我才信得过，我身边就剩下他一个了，"他转头睁开茫茫的醉眼，"小子，你不会出卖我吧。像你这把年纪还没碰过女人，我真怀疑你脑袋里装的是什么鬼东西。"

·

从华克山庄回来后，他约见的一个老掮客已经在公司等候多时。我把人带进房间，他神秘兮兮交代我别让其他人知道，也要我把门关好。一个小时的密谈结束，他再把我叫进去，他说他正在筹另外一笔钱，想到的办法就是出掉几十公顷的山坡地，不够的话再想其他办法。

既然是他的秘密，为什么要告诉我。我说："什么是另外一笔钱？"

"小子，看着吧，过几天我要让你知道什么叫作豪赌。"

我禁不住还是问起传记的事情，因为中间缺了交代，他既然不是靠旧书摊发迹，钱从哪里来？当绝大多数人都还做着苦力的时候，他凭什么开了大公司，还有办法跟那么多的势力高来高去。

"收掉书摊后，跑到桃园做板模工，刚开始，什么钉板、锁模，样样都不会。拼命学啊小子，每天吃便当，工资剩下来的就拿去跟会[1]，还混出名堂咧，最风光的时候做到八个会头，钱多出来就去丢几块小土地。酒也不喝了，发作时靠在墙壁上磕头，不然就偷偷躺在房间里滚来滚去。别再问了，书也暂停吧，等我把眼前的事情摆平。"

虽然这样说着，他的眼尾还是溜着桌上的铜牌，那个名字又让他想起了什么，有一撮忧伤印在脸上，两只郁郁的小眼睛显然已经累坏了。

只好听我说了吧，我故意提起了杜思妥也夫斯基。

"你直接说姓杜的就好，我听得懂。"

---

[1] 一种民间集资方式，拉上几个固定的人，在特定时间里标会出钱的互助会。

“杜氏的世界也是人道精神的世界，在他眼中只有社会最底层，被压榨的、被命运捉弄的小人物，杜氏用文学拯救他们，让他们在黑暗时刻还能看到生命的力量。所以你看，一百多年后，虽然杜氏不在了，那些小人物好像都还活着。”

他在听。

“杜氏曾经追求社会改革而被判处死刑，枪决前突然接到特赦令，才改判流放到西伯利亚充军。出狱后每天拼命读书，以前受过的苦难反而变成文学创作的能量。他三十六岁才结婚，和一个寡妇，生活的压力从此开始加重。经济问题一直是杜氏的致命伤，越穷他越写，但越写也就越穷，就是这样他才沉迷赌桌……”

我说得不够好，但却瞥见那小小转动着的眼睛，竟然悄悄地湿濡起来。

“他身上的压力，有债主的、有他哥哥的未亡人和孤儿所带来的，他上赌桌不是为自己，大部分都是为了别人的命运。可是他逢赌必输，虽然自认为赢钱非常简单，只要随时保持冷静就能赢，可惜最后还是连手表都当掉了。”

“他赌什么？”那眼睛眨亮了。

“应该是轮盘，书上写的只有轮盘。”

“我就知道他会输，”他换了坐姿抱住了胸口，“一般都押大小，不然就押单双，这样怎么赢，赔率只有一倍，玩久了不就输在庄家每次的抽头吗？冷静有屁用啊，真正的冷静是等待，等待机会久久来一次，集中单押一个数字，否则凭什么翻身。”

为了强化自己的论断，他慢慢握住了拳头，脸上流露着惋惜的神情，还特别朝桌上的铜牌看去，仿佛杜氏正在那里聆听。

“真可惜啊。我看他是像普通观光客在那里浪费时间吧，要赌就赌大的，扭扭捏捏在牌桌上要赌不赌的，赌场最喜欢这种人，带的钱不多，机会来的时候已经没本了，怎么赢？要说行家那就是我，那天我不是只玩三注吗，你以为我输了吗，我只是没心情坐在那里，想出去透透气，要不然……”

那原来的郁闷总算消失了，后来还陷入了喃喃自语：姓杜的还在就好了。

·

公司陆续有人来退屋，日常的营运仿佛进入了尾声。我突然发觉无事可做，只好把所有的买卖契约拿出来逐条看着，虽然未掌握挑出弊端的要领，倒是发现有些契约都是任由其他主管自己订定的，土地所有人是如此，银行的一些借贷关系也用了很多不同的人头地主。

也就是说，为了节税或贷款的因素，在错综复杂的权利义务之间，老板和属下全都绑在一起，难怪他对他们有所忌惮，他们平常表面像兄弟，随时都有可能成为他的叛军。

那块山坡地悄悄脱手了。所有权在他名下，签约却在外面偷偷进行，款项也没有入账到公司，财务室每天依然哇哇叫穷。

这天的下午又有个紧急会议召开，会议中依然出现了可怕的曙光。

“就让别家来接手后续的工程也好，以后盖好了我们还能分到钱。”

“他们来接手还有个好处，银行不会穷紧张，谣言也会平息下来。”

“董事长有没有想过，这一关过了，应该以后都没事了。”

蔡经理从椅子上跳起来：“这样下去，我们叫作扫地出门。”

他把蔡经理的肩膀按下，自己把头埋在两只大手中。决议还没出来，主管们却已纷纷谈起后续工程的交接要如何进行，紧张气氛似乎进入圆满尾声，仿佛他最后终于点头答应也是理所当然。

没想到他突然往后镇住了上身：“不行，这条件我不能接受。”

现场顿时冷噤下来，一个个竖起坐姿，手上的文件资料缓缓搁回桌面上。

然而我总算见识到他的另一面：他的语气虽然严峻了些，却也在转眼间摆出了轻松的笑脸，而他搁在桌上的手指头开始轻轻地敲了起来，不规则但似乎混合着内心的焦虑，好像在摸索着一首可以安抚人心的乐章，以便平息在他生命中这些前仆后继的背叛。

终于提出了一个残缺的结局：“我们要撑下去，今晚先去喝个痛快吧。”

寥落的响应中，我接在他后面大声喊着：我也去。

他们转过头来，看着我这沉默的稀客，以为自己听错了，纷纷夸张地晃晃脑袋，总算在这突然尴尬起来的场境中自然脱身了。我相信在这瞬间我的父亲应该也是错愕的吧，他的香烟滤嘴掉了，他目瞪口呆地看着我，看似还想说些话但其实已经多余，因为这个会议已经如此这般轻松地结束了。

我们坐进了酒店里面听说最宽敞的龙宴厅。我也终于喝了不少酒，一种极为软弱的勇气似乎悄悄地萌着芽，雨中的蕈菇那般顶着小帽子从斑驳的树皮露出脸来。我也初次对着屏幕大声唱着了，虽然陌生歌词一直赶不上倾诉的节拍，但我确实听见了自己的声音正在包厢内回响起来：

好像初次的舞台　听到第一次喝彩　我的眼泪忍不住掉下来

经过多少失败　经过多少等待　告诉自己要忍耐

我似乎不再害怕卑微的生命是否荒腔走板，旋律来到尾声的时候，我甚至独自飙起了苦涩的高音，仿佛为了证明我也有着解不开的沧桑啊，掌声响起来我心更明白，歌声交汇你我的爱……

我相信世上每个人都有一个伤心的所在，不论在心里或在远方。不幸两者我都有。我心里的静子一直没有离开，而绝尘而去的那个静子是不是还在远方看着我啊，她若看见我紧抱着麦克风的放荡模样，应该也会相当欣慰的吧。

然而当我从醺睡中睁开眼睛，才知道自己侧躺在房间里被一种怪声音惊醒。听得出门外是一条走道，而那吱吱叫的声音紧贴着墙，似乎想要离开却无处可逃。我把门打开后，果然那串叫声立即迎向我，是一个女孩，但她全身脱得精光，单手横在胸口上，另一只手贴着下体，就这样扭捏着身躯碎步朝我跑了过来。

“先让我进来好吗，我要找533房间，你这里就是533吗？”

第一次看见的女性裸体，仿如净身后的脂玉，生硬又柔软，惶恐中仿佛带着欢愉，全都混杂在裸露光溜的体态里。她跑去披了浴袍出来，开始熟练地敞开白色的前襟，忙着往头上两边拨开长发，然后缓拍自己的胸口：“都是那个老董的主意啦，衣服都不给我穿，叫我一定要来你这里报到。”

“你喝酒了噢，脸好红。”她把我的大腿赶走，小屁股挤进沙发椅，两脚趾陷在长毛地毯里：“我们先洗澡好不好，等一下还要去领回我的衣服呢。”

我说了一万次的不可能。摇着头，蜷缩着被她抚摸的肢体，我说我没有准备，我是来唱歌的。她说你要准备什么呀，你们男人不是分分秒秒都准备好的嘛。我说你不知道吗，你可能误会了，我真的是来唱歌的，我刚刚还唱了一首《掌声响起来》。

女孩披着那件浴袍摔门出去后，引来了一个楼层服务生的好奇，她望望走道，倚来门边探着脸，最后才笑着欠身离去。我洗了一把脸，想着去哪里，他们人呢，我怎么会在这里，我不是还在唱歌吗?

我还在回想着究竟的时候，门铃突然又响了，还是那个服务生，只是已经换上利落的便服，她带来了一壶茶，径自在玻璃桌上倒了两杯。她说她刚铺好两床被单，刚好也轮到下班，整晚上差不多也就没事了。那个女生很漂亮，你为什么不喜欢，她说。我说我是来唱歌的，而且是第一次用麦克风唱歌。她很惊讶，酒窝旁边揪起了两条细纹。她说那你平常很少出门啰，难怪你看起来很忧郁，不过也很斯文耶。她把我的手拉到她的膝盖上，轻拍了两下，安抚着它的颤抖似的。她很像谁，我想不起来，我只知道她不像妈妈桑，不至于大我几岁，但她的声音好听，很轻，很像睡前的叮咛，慢慢说着然后慢慢地柔和下来，本来无声的空气融化得更加轻盈了。

然后她说她也可以做。她为了说这句话，似乎犹豫了很久，眼膜终于悄悄滑过一层水雾，闭上眼睛后便不再张开。只是她虽然蒙着眼，却摸索着把灰色外套脱掉了，里面只剩一层薄细的纯白丝衫，随着她的羞惭，开始起伏着高低有致的节奏。

她说她没有钱，女儿还在发烧，这辈子只做这一次也是应该的。

这时我终于不再强调我只是来唱歌了，我任着她拿起我的手放进她那一颗颗捻开的扣子里，那里面柔软又温暖，让我感觉仿佛进入哭与笑的边界，而我的手掌竟也不再缩放颤抖了，我还看见她的乳房因为害怕而忽然晃荡了两下，然后好像为了接住我的手掌而惶恐地慢慢依偎过来。

后来当她只剩一条内裤时，终于低下脸来，她说她很不应该。

我说不应该的是我啊，因为我也忘了自己是来唱歌的。最后我甚至贴着她的乳房开始哼唱，哼唱着那句“我的眼泪忍不住掉下来……”

5

山寺里的母亲依然还是老样子，她等我结婚才要剃度的承诺，让她还拥有着一头斑灰的头发。她很高兴我来找她，站在檐外的石阶上无声地笑着，然后伸出手勾住我的指头，藏在她的衣服下摆慢慢摇晃着。

搬回乡下后我就没有来过这里，上来的坡道已有新栽的梅花林，叶子掉光后结满青蕾的枝梢飘来了淡香，混合着她的发间苦茶油的气味。她挽着我进入禅房，榻榻米上放着她的佛经，难得也有一把梳子和她使用多年的手镜，一起搁在纹花的漆器上，看着不禁让我觉得安心，很欣慰她有这样的日子，这样的日子我实在不该来。

我想来透露些家里的事，却又觉得非常愚蠢，因为我们早已没有家。我也很想提起她听了会很不安的一个人，本来我是绝口不说的，否则不会拖到现在才来见她。如果他还是原来那个人也就算了，我甚至诅咒过他赶快去死。然而现在不太一样，他已经变成一个充满更多悲剧性的杜思妥，倘若这次他真的被那些人撂倒，所有员工、预购屋的客户恐怕都要跟着他陪葬了。

然而我终究没有说出来。母亲和我现在都好好的，我们很少有这样的平静，这在过去的生命中真的非常难得。多年以前我们在这里分开，那时就是我一路陪她走上来，坡道上到处还是黄土，雨在清明节的翌日漫天飞洒，从山寺奔流直下的泥浆在树林下淹成一片黄浊的沙河，我抱着那时毫无表情的母亲号啕大哭。

此刻的天际慢慢飘来了乌云，她说快下雨了，忙着跑到屋后收衣服，顺便取来两把雨伞，准备陪着我下山。山脚下有个摊子卖米苔目[1]，你要吃两碗，她说。

雨一直没下，但远方有响雷，她用伞尖扣着碎石的滑坡，听来很像一只母鸡啄着泥地的谷粒，很久没有听过这样的声音了，我不禁也扣扣扣地学着她走了下去。

我们一路没有特别交谈，大致都是说着她看到的植栽，这是山茶，那是比较少见的冬青树……好像有什么心事正在酝酿着，她的语调有点迟缓。

一直到我们开始吃着米苔目，她终于忍不住把话说了出来。

最近他突然打电话来，问我好不好？

很早他就知道你躲回到乡下了，村长告诉他的。

刚刚看到你爬着小路上来的样子，我就知道你有心事。

他真的会很惨吗，除了食道瘤……

多么安静的表达，像摊子旁边树上的松鼠跳上跳下，没有任何嘈杂。

---

[1] 又叫米筛目，用米和番薯粉做成。

·

从山寺回来，满脑子里想的是，原来我活在敌暗我明的处境里。

我想起当初躺在长椅上听见他叫我去死的那句话，也想起了跟前跟后的小脸村长，由于这些画面一连数日不断重现，终于逐渐让我羞恼起来。

我走进他不在的房间，默默想起这段日子发生过的事情，内心终于涌起一股滑稽的笑意，原来他也在和我赌，赌我认不出他是谁，多么荒谬的内心戏。

三十年前那副牌其实我还记得。一发牌就来两张老K，他却以为那是眯出来的成果，好像唯有那样缓慢地推搓，那个雄壮的K才会温柔浮现，否则就会变成小2似的。最要命的是那时他忽然转过头来，除了问我有没有发烧，他的嘴角泄露着骄恣的笑纹，怕我不懂，还把牌拿近，挤着他那蝌蚪般的眼睛朝我示意着。多年以后我才听说那叫梭哈，赌的是演技，耍的是斗智的心机，要赢就得装出一脸的愁眉怒目，好把对方推入陷阱。不幸他天真无邪，每张牌都写在脸上，被他们看穿了玄机，难怪他那狼狈的自行车永远只能冲刺在风雨中，难怪后来只好把那间房子烧掉了。

凭他那样简单空洞愚蠢无知的脑袋，接下来他所说的豪赌到底凭什么赢?

由于我的情绪静不下来，见他的次数变少了，偶尔瞧他一眼也是盯在他的脖子上，所谓食道瘤应该从他喉咙下到贲门罢了，表面看来还是完好如初，否则就是从天堂下到地狱那般残酷了。

由于否决掉了那天的让渡案，主管会议已经多日未开，工地也没有佳音传来，催缴利息的电话天天响不停，接到手软的人索性让它空鸣，整个大厅回荡着烦躁的魔音。

这天他终于叫我进去，给我三个地址:“明天你代替老黄开车，陪我跑一趟。”

我不想多问，只想再跟他谈谈杜氏。杜氏的第二任妻子安娜，在他输光一切之后依然没有怨言，这和当时我的母亲是多么神似呢。在安娜的回忆里，她认为丈夫发狂似的赌瘾是必须而且有益的，因为他被贫穷所压迫，被亲人的生活重担所牵累。

我想说的是，杜氏有他高贵的灵魂，他不为自己赌，他的心里永远带着家人。何况他更不是乡间小混混，他白天写作晚上赌，倒过来也是白天赌博晚上写作，没有人像他那样同时活在天堂和地狱里，但也因为他一直背负着无可救药的深爱，才使他成为永远不死的杜思妥也夫斯基。

当然我还要说的是，杜氏有他天真的一面，否则不致认为赌场里只要冷静就会赢。这份天真多像现在的杜思妥。但一个人即便天真到底，也不见得每回都输吧，只要在不该错的地方做对一次就够了。

我不知道我想说的应该怎么表达，他刚从厕所出来也是一副张皇不安的样子，急匆匆地嗯着声："喂，你要说什么，要记得噢，不要把地址搞丢了。"

然后瘫上了沙发："你刚才不是提到姓杜的吗，他现在怎么了？"

姓杜的刚刚去买水煎包了，我心里说。

·

要去的县市并不远，循着高球场的指标很快就看到了绿色田畴，岁末的风吹着一条下游的河面，水声聚集在一处豪宅度假村的弯道上飘荡着。

他备好的一盒雪茄让我拿着，自己按门铃。等待的空当他叫我看花园里的一棵五叶松，他说再过两年他要在西门町种他妈的一万棵。他说着话的时候毕竟是稍稍有点愤怒的，门铃确实响了很久。后来他叫我到别墅后面看看，说不定这一家人躲在秘密草地上晒着他们家才有的太阳。

我绕完回来时他已经在里面了，我只好再按一次门铃，因为礼物还在我手里。来开门的妇人并没有让我进去，她为维护有钱人家的威势而堵在门口，微笑是相当得体的，尤其在她接过了雪茄便不再看我的那一瞬间。

于是我只好回到五叶松那里等着，掏出我刚买不久的第一包烟抽了起来。我仔细察究着五叶松，果然发现它有五叶，就像八爪鱼果然也有八个爪那样。然后，我的那个竟又开始了，我的手掌乃至我的手肘不仅张开合起而且隐隐地颤抖起来，不幸我的对象竟然只是一棵树而已。我恨透了这棵五叶松为什么长在这户人家的园子里，我也恨透了刚刚我们在门铃旁边漫长等待的那副萧索样，水边吹来的风是多么冷冽，我们经过那么多的贫穷难道还要再经过很多屈辱吗？

那扇豪门总算打开的时候，那对夫妇跟在他后面走了出来，男的刻意扬起寒暄的声音道别，女的则十分优雅地站在旁边怒视着。我载来的杜思妥走得很快，对方只好碎步跟上来，张开双手准备抱住他身后鼓起的风衣，却被他疾行的背影拉开了。

车子开过那条河道后，他才掏出支票再看一眼。他说刚刚这个人以前是批发南北货突然垮掉的，要不是他提供大笔的资助，不可能短短几年靠着地价狂飙而暴富起来。

“我只是来拜托他周转一下，没想到这张支票只开了一个尾数。”

“不过，他好像对你很尊敬，一直跟在后面。”

“小子，一个人不想看到你，都会表现得很谦卑。”

“是这样吗，我看他差一点把你抱住了。”

他望着挡风玻璃外的天空说：“我一生中很少和人拥抱。”

下一站往南偏东，竹县交流道下去后，卫星导航锁定的山路笼罩在雾中。会是什么样的人家，不会也有五叶松吧，我暗自想着，他却睡着了，还发出沉重的鼾声。索性关掉导航后，反而在桥边木材场的后方找到一条新路，也才知道那盘踞在山头环视着我们的，原来是一座比大庙还雄伟的欧风建筑。

两只黑狗唬唬地叫着，一株山榄从高梢处落下了斑红的阔叶。我手上拿着最新款的约翰走路[1]，而他继续按门铃。他说，昨天的电话中已经约好，对方愿意在此等待。叮咚。他突然爱上了门铃似的，不时压着它或者按按停停把那声音搞岔了，甚至后来当他踹着门铃下方的栅栏时，那个铃声也拉长了尾音和他戏耍着。一个老妇从边侧的农路钻出来时，才说出了他们一家人的行踪，昨晚烤完肉就匆匆下山了。

沿着乡道返北的路上，我们在车内没有交谈，只有桃园县境的天空依然繁忙，巨大的机翼不时腾空而起，一再飞进茫茫雨雾中。

[1] 又译尊尼获加，世界著名的苏格兰威士忌品牌。

“我需要这笔钱。”他说。

他打开了折放在大衣里的一叠土地资料，指着街道图中一条狭长旧道，然后眯起神秘的眼色瞅着我。他说整个方圆地块就是被这条畸零地切开才被闲置着，所以长久以来一直被左右两边的地主垂涎不已，谁要是抢到这块畸零地，谁就是赢家。而这条畸零的旧道经过双方地主长期奔走，最近总算获准废除，即将由国有财产局公开标售。

“想不想知道旁边这两家准备抢目标地主是谁？”

他说出了名字，也就是一次次紧急会议中被主管们护航让渡的那些公司。

“他们做梦也想不到，后面还有我咧。”

也就是说，他是为了复仇。他不计代价，每天东奔西跑，为的就是要写出一个让对方意想不到的天价。我不知道那个数字大到哪里，但肯定是个要命的数字吧。

没有路可以让他回头了，我想。我很想再念一封信给他听，也是关于杜氏的，杜氏为了解释为什么一直流连赌桌，在写给他哥哥的信里是这么说的：真的，我是抱着帮助你们每个人并且把自己从灾难中救出来的想法而去的……

我终究放弃了。眼前的板桥已经进入了喧杂市街，我拿出地址仔细对照着，没想到他突然犹豫起来：“坦白说，我的心很痛。你开慢一点，让我想想。”

想了很久：“我今天大概是被那两只黑狗吓到了。”

6

决标日期逼近到只剩两天，他悄悄进行着投递的准备，筹凑来的钱陆续存进了同一家银行，再由银行开出一张本票来充当押标金。这些手续完全跳过了财务室，没有人知道一项秘密武器已经藏在他身上。

接下来就是正式填写投标单。他关进房间，不接电话，禁止任何人私闯，独自趴在桌上写得满头大汗。写完后他才叫我进去核对信封和表格，大部分都已填好，只剩出价金额还空着。他的字极丑，虽然笔画清晰，却不像生死攸关的决战文书，曾经他是如何叱咤风云，如今写着不伦情书一样地惶惑难安，真不知道他自己会不会感到黯然神伤。

虽然知道他想守住秘密，我还是提醒他，有一个空白栏还没写。

当然知道，他说。安全起见，下午四点我会到邮局，三点五十九分才写上去。

钱不是不够吗？他回答说，押标保证金只要固定的一成金额，得标后三十天缴清尾款就行了。

“那就是说，如果你得标，一个月内还要继续去找钱。”

“所以我在伤脑筋啊，金额写太高，到时候可能要跑断腿……”

“那你为什么还要玩下去？”我大声说。

“你以为我在扮家家酒吗？”

我悻悻然走出他的房间后，脑海只剩一个念头，不如回乡下去吧，何必把他最后的一步险棋看完，何况当初只想知道他为什么还能活着罢了。

几天前的影像还历历在目啊。那时我们在第三站的板桥茫然绕转，直到那栋二十五层大楼高高在望时，他却又突然泄气地喊停：我们走吧。

那时还不到黄昏，他要我把车开往华江桥，因为突然想到的一个女人燃起了他的希望。他约略说着她的形貌，一段萍水相逢的老恋情，最重要的是她还有一笔两千万定存的压箱宝。

然而他竟然要我单独进去找她。他应该真的是被那些狗辈们吓坏了。

“这种事我怎么开口，没有那么简单。”

“就是叫她把定存解约而已嘛，你说我会加倍还。”

我上去的时候大门开着，一个工人爬在梯上换灯管。我怕外人听到那笔巨额定存的秘密，很谨慎地贴近她耳朵才说出来。没想到这个女的听完爆笑起来，笑得似乎爽过头了，竟然仰着脸对梯子上的男人说：“阿彰呀，有人要来抢劫了。”

回到车上我只好稍稍作了一番忧愁的润饰，我说那个女人躺在床上，脸上看起来起码三天没有化妆，嘴巴像沙漠那样干，我还为她煮一壶开水呢，还泡了一杯牛奶给她喝。她想坐起来说话，我说不用了，你直说好了，但我听不见她微弱的声音，只知道她病得很厉害，害我差点流下泪来。

“像你这样贴心的人不多了，不过你也可能是在胡扯吧。”

没错，我的语气充满戏谑的成分也罢，只因为心里充满着悲伤。我又想起静子了，也想起最后一次在她家客厅的情景，她父母非常善良，听完我的求婚并没有动怒，他们笑了一下，回到楼上就没有下来；但也没有把我驱赶，容许我单独一个人坐在那里空空等待，直到菲佣的吸尘器突然暴躁地响遍整个大厅。

我真想说，杜思妥，我对人失望透了，我们不如回去吧。

“你难道没有提起那笔定存吗？”

“她连说话都那么困难，我真的没有勇气说出来。”

“她不是有跟你咬耳朵，她到底说了什么？”

“她说，麻烦你告诉他，一切都过去了。”

那天下午的行程并没有马上结束。车子开到他指定的公园时，他在小路旁的公寓门口下车，要我干脆自己回台北。他说幸亏自己的晚年还有人愿意陪伴，虽然这间公寓里的女人没什么钱，然而某些时候他也不是非钱不可。我说，那这样好了，我在这棵树下等你半小时，你没有出来我才把车开走。

小子，你真不上道咧。他说。

后来我想了一下，半个小时是最难拿捏的吧，五楼公寓都用爬的，按门铃也要等开门，见了面就算他不习惯和人拥抱，直接脱裤子也要时间，而且不洗澡吗，不用说几句寂寞的相思吗，那就上床好了，短暂的交合难道几秒钟。然后结束，把前面所有的枝节重做回去。这样，半个小时，残酷极了。

没想到二十分钟后，他已经偏着头敲响我的车窗，手上捏着一个橘子，坐了进来，握在掌心里翻转，然后慢慢剥开。

橘肉塞了满嘴，太阳穴鼓起来，纤维榨出来的声音带着汁水流到下巴。

“不是已经很久没有跟她见面了吗？”

“那又怎样。我跟你说，待不久的客人，永远受欢迎。”

那橘子吃了半颗，搁在挡风玻璃上，一个弯路后掉了下来。

·

那可怕的三点五十九分，我还躲在一家电影院里，借着散场灯的幽光盯着手表进入读秒。如他所言的这个时间，他握着大笔正在刻字，一笔一画如临深渊，为多写一个数字陷入苦恼，或者也在害怕因为少写一个数字而更加惆怅。四点整他往邮局出发，途中倘若没有暴雨狂风，那么，四点十分他将准确无误地投下他生命中的最后一票。

四点三十分我晃进百货商场，在一条狼吞虎咽的美食街徘徊良久，脑海中毫无饥饿讯号。当我再回到外面大街时，沿街的霓虹灯已经亮遍了四周的楼墙，这时我终于想起了一个人，而且是那么突然想要见到她。我加快脚步，开始搜寻满街的陌生招牌。然而我已经想不起来了，究竟那个晚上我被带去哪里，那个唱歌的地方，那个酒店的名字，还有那个写着533的房间……

我真的想要见她，让她拿起我的手放在膝盖上。是的，我终于想起来了，她不就是静子那样的女人吗，她的手叠在我上面，如同那个甜蜜夜晚，她照例拍它几下，终于抚平了我的颤抖，然后像是诉说着过去似的：没事了，我们都在这里了呢。

后来的这天，阴雨的午后，我把手机打开，蔡经理马上闯进来，他要我回去，他说就算不告而别，也该把自己的东西收拾干净才走吧。我含糊应答，他却不愿挂断，问我明明知道土地标售的事情，为什么关掉手机躲起来。

蔡经理说："早上他要我载他去开标会场，我才知道这件事。"

"得标了吗？"

"那天连标单都没有寄出去，得什么标。"

街上的车声忽然全都灌进了脑海，我想我听错了。

"你开玩笑吧，他没有寄标单，那今天为什么还到开标会场？"

"问你自己啦。你到底要不要回来？"

那是什么样的心情，我揣摩不出来。我只能想象他单独坐在那里的画面，除了面对着律师、会计师，还有那些监标唱票的，在他四周一定满布着那些可怕的对手吧。蔡经理后来说：真的想不透，他既然没有投标，为什么要坐在那里让人看他丢脸。

原来杜思妥也有不赌的时候。

然而三点五十九分的那个瞬间，他究竟想着什么？

他一直坐到决标散场，从头到尾不发一语。听说后来老泪纵横。

那么热，那么冷

蔡莫没有开门。

他隔着玻璃看她走来，看她穿着很小的红鞋子，鞋面扎着羽饰，走起来微微地飘晃，像一只刚刚飞起来采蜜的粉蝶。

红鞋子踢着门，白色粉蝶飞起来。

1

七户人家围绕的巷弄，对讲机忽然咬住了午后的蝉鸣，这时候的蔡欧阳晴美正在喂猫，浑身戒备得不动丝毫。几秒后再度响起，机器仿佛掐住了线路的脖子，虽然她知道大约又是昨夜雷电造成的短路，却也不得不相信这是噩兆的降临。她拍走了猫，犹豫起来，明知这是离家二十年的死老猴回来了，到底还是抵制着，只能期待他摸摸鼻子离开，继续去走他自己的老天涯。

但蔡恭晚没有死心，死心就不会硬着头皮来到这里。麦芽色的帽舌压着眉心，斜背的布包挂胸前，手底几乎就是当年漏夜潜逃的简便家当。他按了三次铃，对讲系统终于恼火了，每家每户开始交叉齐鸣，有的对他哼着闷声，有的问他到底找谁。找谁？不就是蔡欧阳晴美吗？他不叫她的名字，笃定知道她在听，只好清着喉咙说，是——我——啦，没想到经由一阵听音辨位，该挂的都挂了，不该挂的也挂了。

蔡欧阳晴美憋了半小时才按下了开门键。几个月后她还在纳闷，那等待的空当他若不是找电线杆撒尿去了，难道一直赖在门外赌她一定会放手投降？这个新家要不是还有一道门禁替她挡路，恐怕那天早就穿门踏户闯进来。

整栋楼房是儿子蔡紫式发迹后的大手笔，不只前后有院，连侧墙都站了一排樱花梅花，死老猴是连做梦也没看过这等景致的，果然一进门就傻了眼。多年之后的照面便就如此轻飘飘地晃眼而过，她不愿直视，他也只好暂且低着脸。空气中两股空气。她瞅着那只老皮箱搁到了桌底，眼看另一手的背包也要落在茶几时，立即拨出手势，朝走道那边的地板发落着。多年来难得防御起来的领域感是该让他见识的，何况不知道他来是来多久，住要住到何月何年。

蔡恭晚自认也不是省油的灯，为了驱走寄人篱下的乡愁，他从前庭看到后院，刻意走得轻快，营造着迟来晚到总归一家人的熟稔。那后面的石榴花喷得红吱吱，好像呼应前院的白玫瑰一起对开着，打死也不相信这是她蔡欧阳晴美凭空得来的修行。他看完了外围，交着手开始缓行，望望柜头上的相框，看看边几上的小台灯，品赏之余不忘兼顾自己的谦卑背影，走到后来发现老妻根本不在视线里，这才对着一些陌生饰物毫不客气地摸弄起来。

五点过后总算热炒起来的锅铲声，终于稍稍让他暖和了半刻；却没想到后来看到的餐桌只剩几许夹剩的冷盘，原来她已带着自己的饭菜回到楼上，撇落他一个人默默吞下那天黄昏的晚餐。

客厅终于暗下来的时候，蔡恭晚提着行李往上走，一时找不到梯间照明，只好借着不知何处的余光慢慢爬，楼上房门口摆着一双拖鞋，他不清楚这是她光着脚在里面，还是暗示他直接换上拖鞋走进房。对方既然还在气头上，他不敢多加臆测，只能再往三楼走，行李不落地，脚尖踮在石阶上。不幸得很，来到楼梯转角时，他仰着脸正好对上了吸顶灯下忽然推开的浴室门，她正捏着腰间的裤头走出来，上身来不及遮掩，一副光溜溜的落叶残枝忽然就晃荡在他眼前了。

回想当时的情景，蔡恭晚仍然不寒而栗，她咧着大嘴尖叫，偏偏嗓子好像哑掉了，听起来很像从空中坠落的回音。后来爬上顶楼的蔡恭晚只好就着一张旧沙发躺下，两手枕起后颈对着天花板，想着自己挨骂也是理所当然，只是那场面也不至于让她那般震怒吧，那一对老奶早就挂了，不就是两朵向日葵的末日吗？

倒有个挥不走的阴影一直跳动在他眼底，他想起了客厅柜上的那些大小相片，除了几张单人照，全家合影最多也就四个人：蔡欧阳晴美，蔡紫式，蔡莫，还有就是媳妇蔡瑟芬。连嫁过来的外人也姓蔡，也在他们三代单传的蔡家占着一席，独独漏掉他这如假包换的一家之主。相片里的每张脸冷冷地对他笑着，没有人招手，容他借位的空隙也都塞满了，一切都来不及了，难怪一回来就是这般冷清的对待。半夜三点还是难以入眠，早知道要在这个屋檐下安插今后的余生，他根本不会来按这个鬼电铃。

·

他发觉自己被耍了。迎接他回来的礼数原本是这样安排的：蔡紫式到火车站接他，媳妇负责张罗团圆的晚餐，连孙子蔡莫也要找人代班赶过来。协商过程充满令人起疑的孝心，电话邀了一通又一通，听到最后反让他担忧这份诚意别又缩了回去。那么，既要答应下来，那就要把情况弄清楚。

啊你老母肯否？

哪有问题，讲实在啦，伊听到你欲返来，欢喜到嘴笑目笑哩。

多年不见的儿子变得如此奸巧，只好认了。当然，回来住了半年，老夫老妻总算磨出了相应之道，不再是刚开始的怒目仇眉。他睡二楼，也就是门口原来摆着拖鞋的那间房。她住三楼，旁边另一间则是她的阿弥陀佛，整层都是她的世界，大清早就开始诵经，激切的魔音穿过阳台落在前院花丛里，连花瓣露珠都一起晃颤着。八点早餐，现榨蔬果全由蔡恭晚调理，一人一杯量，全麦吐司自取，两张嘴各嚼各的寂寞，节奏或有快慢，唯一整齐是同样无声无息。

一天的开始，也像一天的结束。蔡恭晚曾经试着一样早起，贴着她跪到拜垫上，虽然听不懂声声入耳的佛经，却也知道忏悔有多重要，没想到两个膝头刚落，她已提早拜了三拜，强撑着也要逃命似的爬离开。那天清晨便他独自一人面对着菩萨，原本是来旁听的，突然变成了主诉者，两手合在空中顿了又顿，不知该说什么，一个字也说不出来。

想起离家那晚虽然走得仓促，夫妻俩还是紧挨着身影的，她帮他提包，另一只手扣在他袖口，拉不紧，放不开，就像一幕离散的悲剧映在不敢开灯的小客厅。哪里知道多年以后全都变了样，回来是回来了，每天活在哑剧里。

风声若过去，你就爱赶紧转来，我会惊……[1]

惊啥啦，不过是去外口走走而已，你当作我欲去环游世界吗？

听说隔天一早几个黑索索的大汉已经堵在店门口，丢鸡蛋又泼尿，从砖墙流下来的红漆注满一摊又一摊，要不是半夜逃得快，不在医院也在牢房里。

光从这件事，总算悟到人生果然无常，黄昏前他还到处闲晃着，一顿饭后忽然就是匆忙打包的下场。一切都因为钱。文具店的生意连年惨淡，卖起六合彩的明牌[2]后才开始有点现金周转，尝到了甜头再加上众人怂恿，终于自然而然当起了组头[3]。

这天恰是台风离境的下午，风还吹着，大街小巷却静得出

[1] 风声如果过了，你就要赶紧回来，要不然我会害怕……
[2] 指彩券开奖前，媒体或“消息灵通人士”预测的中奖号码。
[3] 指非法赌档的庄家。

奇，原来听说一道天机突然在这小镇降临了，手脚快的男女老幼早就聚集到西郊一条泥流冲刷的河床。晚到的蔡恭晚，自行车爬上桥头时，河岸两边已经无路可行，他姑且看着别人笑话般扒在护栏上，嘴里叼着烟，听着簇拥在石滩上搜寻浮字的人群中不时爆发的惊呼声。

然而就在这一瞬间，在这居高临下的视野里，蔡恭晚猝然看见了神的笔迹。

从他所在的高处俯瞰，他看见的是一片无人闻问的平濑正在发光，而那是个非常清晰的密码，由一堆大小石头叠绕成形。也就是说，神刚刚来过了，祂在原本空无一人的河边等了很久，后来人越来越多，祂只好来到滩尾留下了最后的暗示，等着从小郁郁寡欢的五十岁蔡恭晚此刻缓缓到来。他挤不进通往桥下的小径，干脆纵身窜进右边的芒草浪里，手忙脚乱地劈出曲折的路缝，一直到踏上了无人的石滩，已经是另一处完全逆向的河床。

河床上，一台挖土机正在轰隆轰隆进行着清污工程。没有更好的主意了，他当下是随机应变地勇猛，马上把那戴帽子的驾驶叫下来商量，掏出了身上所有的余钱，没几下便攀上了那只挖掘机，一待引擎发动，仿如搭着一部孤单的摩天轮缓缓升空。

于是他终于又看见那个神奇密码了，在与桥头不同角度的幽微之处，神的心意还是那么坚持，不管河滩上那些蠢蛋有多赤诚，它仿佛只为他一人显灵，那个数字不容怀疑，是那般谆谆教诲的开示，再不领悟那就永远别想翻身了。

那时的天空还忽然飘起了感人的细雨。蔡恭晚回到店里，摇醒了瞌睡中的蔡欧阳晴美，除了把看到的数字全部封牌以防外人下单，觉得不够，开始打电话找同业调牌加码；觉得还可以赚得更多，干脆吃下了赌客们的一堆冷门签注，在上游大组头规定封签的最后一刻，终于送出他蔡恭晚潦倒了半辈子以来终该时来运转的暴富签单。

二十年后他还记得河滩上的那个数字。石头、泥巴加上无边法力，形成两个圈圈相互交缠着，那是一个倒卧的8，多像一双乖巧的大眼睛，多么深情款款对他凝视着。

明明就是神的笔迹，怎么知道后来变成了鬼的黑影。

·

她看过这个主持人，本人比屏幕上年轻漂亮，介绍完蔡家的屋内环境后，开始朝她招着手：阿嬷阿嬷，换你来讲几句话乎观众听。她在橱柜后面挡着手，摄影机却已转过来，而蔡恭晚早在预定角落等待着她的合影。她不想站到他旁边，推托了很久，录像数度喊停，一旁监督的儿子急得不断跺着脚。

后来电视播出时，她才发现蔡恭晚的头顶几乎秃光了，特地染黑的发毛只像几根枯丝垂在颈后，平常她看都不看的这副狼狈相总算逼现到眼前。节目叫作“小镇巡礼”，介绍完庙宇夜市和地方土产，后半段便是企业楷模蔡紫式的成长历程。两老的衣服怎么穿，问话要怎么答，都听阿紫的意见，从三个月前就开始演练的父慈母惠的画面里，阿紫穿梭全场紧盯着所有细节，黑西装红领带，两颗蓝色袖扣闪亮发光，浑身欢欣得像只喜鹊飞过去又飞过来。

但她看得出瑟芬是忧愁的，端出一盘水果就躲进厨房，伉俪情深的情节完全没办法上演。媳妇虽然只是别人的女儿，她还是心疼这个女人迟早会像她。儿子都把真相讲反了，他们夫妻感情谁知道，听说没有一天是半夜之前回家的，每次喝到烂醉进不了家门，才被人搀来这里过夜。一家和乐全都是假，只有一样是真的，把这死老猴骗回来，就是为了演出这天的三代同堂。

最可怜当然就是乖孙阿莫了，被他爸爸押在现场，眼神像一条死鱼那样黯淡。她当然知道阿莫为什么变成这样，好端端交往的女朋友突然跑掉了，完全也是死老猴招来的祸端。不然，那叫小咪的女孩很漂亮啊，也不怕生，第一次上门就挨着她酸疼的肩膀又捏又按，嘴巴甜得讨人喜欢。

只是在她眯着眼的陶醉里，她忽然想起这女孩越来越像一个人。她在脑海里一个个追认，从每户邻居到市场摊贩，到街上的各家小店，还在思索着，死老猴刚巧拎着叶菜回来，两列大小火车终于就在客厅撞上了。死老猴两眼滚烫烫，那个女孩也吓得说不出话，老小一起愣在原地对看着，难得欢乐起来的气氛忽然急冻下来。

后来还是靠她自己解出了答案，她终于想起那个站在环保车上的女人了。

那时的蔡欧阳晴美每两天丢一次垃圾，车子来到巷口都在入夜七点钟。她的袋子一向最小，就像她停经后的胃口，她总是静静躲在骑楼下，等到别家扔完才出来。盛夏这天，霞色是依稀的半明半暗，她却终于瞧见了失踪多年的蔡恭晚，他正跨在环保车上，单手控着输送钮，单手接收那女助手抛来的分类袋。直到各家各户丢完了垃圾，车边终于安静下来，蔡恭晚转身捏捏那个小屁股，这才跳下来准备回到前座开车。

这时他突然朝着骑楼喊：喂，阿你的袋仔咧，你是欲等最后一班噢？[1]

她把袋子抓得紧紧，感觉自己好像被掠夺了，往后闪到楼柱另一头，反让脚后跟拐倒下来，藏不住的身躯终于晾出原形。这时的蔡恭晚显然愣住了，便再也没有出声，反而紧急发动了车子。当她从地上爬起，听见那首《少女的祈祷》在加速中已经变

[1] 喂，你的袋子呢，你是要等最后一班吗？

成急行快板，只剩一半的车尾窜入支线逃逸后，那越来越远的祈祷最后终于飘上了夜空。

自此以后她不再出门，大包小包的垃圾贴墙而立，空气中一股酸味塞满眼睛；然而还有一种东西是她最害怕的，也许来自窗缝，来自声音光线甚至也来自天花板，种种毁灭性的毒物一点一滴渗出了让她恐慌起来的气息。她贴了无数封条，堵住魔鬼的空隙。她关闭所有光源，不泄漏任何声音，时时防堵着谁要来陷害她。但她自认一切如常，每天还是平静等待，蔡恭晚会在半夜回来敲门，这个希望没有破灭。她曾经拒绝儿媳同住，为的也是不愿相信身边永远少掉一个人，她宁愿继续等，唯有这样的寂寞才能永远记得那天晚上的离别。

媳妇过来为她清理垃圾山的时候，她已经躺在医院进行着治疗精神官能症的疗程，嘴里不断叫喊着蔡恭晚在她生命中留下的零碎记忆。你遇到过最快乐的事吗？蔡恭晚。你在害怕什么？蔡恭晚。出院后谁来接你回家？蔡恭晚。那么你最不想看到的人是谁？蔡恭晚。那段日子，蔡恭晚仿佛占用她的脑海也摆布她的唇语，她紧抓着媳妇带来的佛珠，每一句念得像咒语，每一颗紧紧捏压捻滚，指腹隆起破灭，血水丝丝渗出。她一度陷入迷乱，强烈的孤单像一幕黑夜在无边无际的脑海慢慢翻白。

她生命中没有其他男人的记忆，刚满二十岁相亲结婚，三天后识破了他在学校工作的谎言，但她没有任何哭诉，依然心甘情愿随他四处奔波打零工，为的只是紧紧抱住那剩下来的，每天贴在摩托车后座上的一点点幸福感。

她原本相信等待就有希望，即便曾经梦见他遭人暗算，醒来也不惊慌，一切生死都不算，除非蔡恭晚亲口告诉她。她没想到被暗算的原来是她自己，甚至当她从《少女的祈祷》声中连滚带爬回到自家门口时，还以为刚刚的幻觉未免太过荒唐。

她很少回顾自己。她的一生简单漫长，搭错一部快车，抵达终点才看见陌生站牌，好不容易下了车，慢慢走，才走到现在的黄昏。现在她已经不再那么忧愁了，阿莫带来女朋友的那天便是那般从容度过的，她不动声色，再也没有任何哀伤。

·

阿紫身上有股特殊气味，不全然来自香水，而是男人发迹之后一种雄赳赳的蛊惑，随时蛰伏在他眼底和毛细孔里。蔡恭晚相信这种魅力只有胜利者身上才有，是一种侵略过后自然散发出来的魔幻味道，谁也奈何不了。阿紫是上天栽培的孩子，出生时没有心跳，捧在手底就像一根紫茄，当时若不是他这老爸紧急搓捏一把，轮不到这小子今天还那么趾高气扬。

十天半个月阿紫偶尔过来一下，有时躺在树荫下的车子里休息，只让司机捧着罐头水果进来哈啦几句，心血来潮时才亲自登门进屋，拉开了领带，身上那股气息便像窗外的晨雾飘了进来。

有欠啥莫？哪有欠啥就爱讲，我随时叫阿芬款一批过来[1]。

两老都会各自摇头，摇头的节奏并不齐整，心里想的也不相同。

蔡欧阳晴美平常简朴惯了，自然什么都不缺，但除了摇头之外，总有一股忧心说不出来。阿紫有时会来个西式拥抱，热情地拍拍她的后背，胸口却是空心的，不像瑟芬虽然只把她的手拿去放进自己手里，传达给她的温度却是刚刚好的贴心。她静静看着阿紫，心里的挂碍无人知晓，她会在他离去时快步上楼走进房间，从狭长的侧窗盯住外面行道树下的车子，那驾驶座旁的位子通常都是不同面貌的女人，从来没有一次是瑟芬坐在那里。

但她发现死老猴对着阿紫摇头时，那种神情是慌张的，表面上虽也传达着不缺任何物料的意思，却带有一种害怕对方追究的惶恐。惶恐什么，可能就是长住的客人那种隐约的歉意和不安吧。他们的父子关系是空白的，好像就为了电视录像才开始交往，全家福的情节播出后，人赶不走了，摆在眼前便就剩下了一种强迫归宗的亲属感。

[1] 有没有欠缺什么？如果有就要讲，我随时叫阿芬准备一批过来。

蔡恭晚的观察就没有那么细微，除了好奇阿紫身上的气味，他每天期盼的还是和老妻同桌共饭的温暖时光，吃饭虽是例行公事，两个人一起默默吃到碗底总也会吃出一点感情来吧。没想她每次总是为了离席而吃得急快，脊椎挺着食道向上蠕动，两眼直视前方，含在嘴里的食渣鼓满两边腮帮，活像死刑犯的最后一餐。他则怀着小媳妇般的隐情，咬不碎她提早关火的菜肉，知道她总是留下一手，故意让他就着孤单的臼齿在空旷的牙床上慢慢搓磨着。但他没有怨尤，吃得很是开心，咬不烂的偷偷塞进桶里，半年来瘦了六点五公斤。

这样的日子还是要熬下去的。想了很多办法，每天早晨帮她剪花，前门后院扫得一尘不染，爬上采光罩擦净了酸雨的污迹，或者为了搜寻话题也开始剪报了，有时贴着一则八卦新闻也刻意笑得人仰马翻，没料到旁边的老查某偏偏镇定得很，眼里没有任何人，连没有空气也能活下去的那种傲慢都使了出来。

这样，七个月后的一个阴日下午，他为了寻找阿紫身上的那股气味，终于鼓起勇气走进了西药房。那夜九点，他把自己洗得通透干净，然后在两杯老酒的怂恿下，果敢吞下了神奇药丸，深呼吸八次，心里数到一百，仿佛发动着即将从容赴死的轰炸机。

但她的房门紧锁，门下灯焰微弱，小声而清晰的屏幕对白穿入耳膜。

他敲了门，很轻的指尖探路，希望听到的是她把电视关了。

不久他又试了一下，指关节钉在门板上，可惜那些杂音一直没有消失。

后来他才正式敲着，抵达重听者的程度，里面果然静悄下来，却也包括她的声音。

他夹紧了双腿，但愿只是潜意识作祟，药神的魔力应该还没来到肚脐边。他急躁地喂了一声，里面反而更加死静了。为了驱走难免羞怒起来的情绪，他突然想起一种逗她开心的老方法，开始像个围墙外的顽童那样尖细地叫着蔡欧阳晴美、蔡欧阳晴美，几近两手圈在嘴上不敢张扬的那种鸟调子。

房间里的她戒备着，她认为自己没有响应是正确的，因为她已经不是过去的蔡欧阳晴美了。为了替他保住婚后坚持的传统，她还愿意冠着他的姓，毕竟在她生命中也只有这个伤害最小。可是，一个人的幸福明明那么短暂，名字念起来何苦比别人的长，她只好去申请改名，去掉了最后一个字，在发现他背叛的那年生日当天，正式实现了她蔡欧阳晴最后的断尾求生。

·

两颗催情药丸加上酒精助跑，给蔡恭晚带来的是难眠的夜晚，他进出厕所无数次，贴着洗脸台发呆，肿热的下体像只小鳄鱼濒死的抖窜。他对着化妆镜，尝到了整张脸垮下来的悲酸，想到自己走到了这一步，应该就是人生的末路穷途了。

然而让他震惊的是，他发觉自己并不会死。这太残酷了，他的一切检查正常，肺活量惊人，心血管宛如处子，质量指数是漂亮的中间值。接着他又从一篇医学报告得到了他无法死亡的精密推论：如果他体内的细胞产生变异，也要长时间的累积才能称作癌症初期细胞；好吧，就算癌症初期细胞吧，那又要很久才算进入癌前细胞的阶段；然后呢，细胞又再产生变异吗？那时顶多才叫作癌细胞罢了。而光是这样的过程，大约也要十年的漫长时光。

问题出在这里，他的免疫力强悍，时间根本无法从任何一个漏洞开始起算。

蔡恭晚便开始改变了。

蔡欧阳晴美慢慢发现每天午后的院子有人扔了烟屁股，那整排植成短篱的茉莉花丛下总有一洼半摊的槟榔汁偷偷啐在那里。当她发现原来都是他的杰作时，才知道他连那张嘴脸也变了样，整天挂着嘻嘻傻笑，是那种不正经加上漫不经心的死样子。

她在固定时日到医院领药时，他不再默默等在一旁，而是到处逛街一样去了又来，来了又走，忽然找个陌生病患寒暄，忽然手扒在服务台卷起袖子，歪着下巴搁在手上，然后痴痴听着量血压的小女生满口阿公阿伯的贴心叮咛。

她极避免也非常讨厌的买菜的日子，他坚持帮她提篮而抢着出门，一路像个粗枝大叶的老间谍跟在屁股后面。活着是那么辛苦，房子是阿紫买的，菜钱是阿紫给的，如今连唯一可以慢慢走路的尊严也被死老猴拦截了。一路上是越想越不甘心的，想她还是少女的当时，从未和一个男人并肩走过路，没想一掉进那个婚姻就来到这般残酷的晚年——如今她只能悻悻走在前面，让后面松松垮垮的老屁股时时提醒着她：活着，是那么的羞耻啊。

终于来到了满八个月的这天晚上。两老总算第一次直视着对方，一起待在话机旁。电话是媳妇打来的，蔡欧阳晴美只顾慌张啜泣着，还是蔡恭晚手脚利落些，他跨过沙发抢了听筒大喊：出事，出啥事，你说阿莫是出啥事……

断线后的电话再也没有声音了。蔡欧阳晴美打不通媳妇的手机，急得直绕圈子呜呜哭着，虽不明白阿莫出了什么事，想也知道死老猴带回来的灾厄至今还没平息。她爬上神明厅匆匆跪拜一阵后，举着一炷香出到阳台，却发现蔡恭晚一个人蹲在檐外猛吸着烟，那扭曲的背影显然是倾斜的，还不停摇晃着，是脑中风才有的样态吗？上半身的重量仿佛放在胳臂上依偎着，然后突然非常娇羞地，慢慢地抖动了起来。

2

蔡紫式不抽隔夜的烟。父亲曾经递来一支，被他拒绝了，那个烟盒塞在裤袋里不知几天了，还真像个七旬老人皱巴巴的脸。他心里还有个拒绝的理由，他和父亲没有话说，而两个男人沉默地吸着烟是很奇怪的。

除了不抽隔夜的烟，他也不喜欢隔夜的女人，他会在半夜让她走，或者两个人一起离开。半夜两点三十分是他的界线，那时的房间已经飘起狂骚的野腥，床褥凌乱的抓痕也只剩下几许偷欢的体温，而天将微亮的虚无感正在开始逼近，这时再不走就要慢慢闻到隔夜的霉味了。

倒有一群裸女在他家里过着一夜又一夜。那是一幅幅名家画作，挂满了他个人专属的天地，临窗的狭长房间铺着榻榻米，从门后开始降下的一条壕沟延伸到尽头，方便品酒宴客时让一双双长短腿整齐地搁在桌底下，像两排彼此对坐的招安战俘，乖乖听他讲述着每幅画或者每个裸女的精彩由来。

最初他看上的是一汪水塘里一个侧卧在荷叶上的女人，眼睛朝他望，乳房对着他，微曲的双腿轻轻夹着下体，一瞬间便将他拉进了深渊。蔡紫式在她面前站了很久，那是商业讲座中途的尿尿时间，他被隔壁展览室的一双手请了进去，马上就被她吸引。他对画产生兴趣大约就是从这里开始，最基本概念是除了绘画，一个女人或一条狗根本无法躺在荷叶上。此外，他在散场后回到展览室时，她还在那里朝他睨着呢，一样的角度，一样的幽幽情意，这神来之笔似乎把他生命中的黑暗角落瞬间照亮了。

裸女的收藏溢出了墙面之后，蔡紫式便让她们来到了餐室、客厅和走道两旁。蔡瑟芬每天起床看到的便是这些梦幻，所有衣缕褪尽的女子仿佛一个个等着她醒来。阿紫妈妈只来住过一晚，一大早觉得反胃就回去了。倒是阿紫的爸从没来过，她嫁入蔡家就没有看过他，每次去探望独居的婆婆，都觉得那里的屋前屋后贯穿着寂凉的风，老人家扳着扶手爬楼，不久又摸着墙缘一阶阶慢慢踩下来，漫无目的，漫长时间回旋着升降空间。蔡瑟芬经常看见的自己，就像在那空间里飘浮着的影子，像楼梯墙面一片片斑驳的移动的日光。

幸好她也有自己的阁楼，房间刻意弄小，让出了敞亮的插花教室，朝东处缩进一块没有顶盖的露台，植着她随时可以取材自用的四季草花。一周两天，或者不上课的清晨夜晚，她喜欢一个人的自在，享受自己的思绪像雨后移动的山岚，偶尔露台上刚开了半朵新苞，她便随着心情插出一盆简单的文人花。

蔡紫式找不到她的时候才会上楼。他不习惯这里的静谧无声，也想不通一个女人为什么可以坐着不动，为什么不去逛街购物打发自己的时间。

但他虽然上来了，却也没有什么正经事要说的。

这是什么？他会俯身去嗅嗅瓶子里的水。

当然是花。她只要应个声就够了，知道他其实也不喜欢隔夜的花。

什么花？

季节花。

什么季节了还开这种花？他嘴里念着，并不等她回答。

这时便又听到那种没有尾音的气息了，急促，干渴，说完就是动作的开始，已经转身来到她后面，猛力揽住她的腰身，单手勾进裙内，一番摸索便就扣住了底裤，然后往下拉扯，沿着大腿、膝盖和脚趾，直至褪落地上。

他不太需要把她的上衣全部剥光，向来都是趁隙探入双乳间搓揉，下至肚脐，然后在微细的妊娠纹附近迅速撤退。但另一只手并不罢休，它替他撩高裙摆，拢准了他要的位置，让他终于可以彻底深入，且战且走地进行仓皇的泄洪。什么花？季节花。她的预感十分准确，他不会无缘无故走上楼，只要他毫无预警地出现，只要她的预感还具备着那般准确的悲哀，她就能凭着简短的对话来确认这一刻的到来。

强暴很快就结束了。她不愿在自己丈夫身上想到这个词，但在客厅，在梳妆台上，在厨房的炉火旁，她面对这种粗鲁对待已不知几次。以前共享的睡房窗明几净，地上铺着绒毯，连隐藏在线板里的侧光都散发着幽微浪漫，但她慢慢发现她不属于那里，那里只是蔡紫式用来熟睡的地方。他不喜欢床边有别人的呼吸，他似乎宁愿每个女人都在画里，就像她一样，她也是一幅画，一个道具，随手可用，但不应该在半夜两点三十分之后还躺在他身边。

·

她的腿身修长而潮湿，弦月般的臀弯还滴着水，被掩在浴室门缝的蔡紫式被拍成了光影下的裸身，裱挂在房间里度过了一段赏味期。照片上没有她的脸，只有乳房的侧尖、惊吓的背影以及从腰间滑向大腿的曲线，显然他要的只是借由模糊水汽变幻出的梦一样的肌体。

那张照片后来连同相机器材一起丢进了仓库，属于新手蔡紫式的摄影狂热在短短三个月后很快画下句点。接着他便去攀登玉山了，行前上了两堂课，有关高山动植物生态的解说只字未写，厚厚的笔记本只有扉页上短短五个字：玉山我来了。那时的玉山热是一门成功学，镇上伙同蔡紫式前去的还有三个建筑公会成员，大都不是为了登山，而是害怕掉在人后引发众人的奚落。

蔡紫式回来后却告诉她，在排云山庄等待攻顶的夜里，他看到了一头黑熊。

有这么大，他比画出的夸张手势超出了自己的体型。他说睡不着的半夜两点，四个人哆嗦在坡坎下抽着烟，后来当他朝着山谷尿尿时，忽然就发现它了，矮林下的那头巨物正在对他眨着星星般的眼睛。他来不及拉上拉链，但也没有声张，而是悄悄丢下那三个吞云吐雾的家伙，一个人独自回到通铺上，然后放心安静地躺了下来。

最早发现危机的人通常都可以幸存，他说。

蔡瑟芬听不懂他的表达，直到同行们的名号被他写在纸上，开始一个个品头论足的时候，她才知道那头黑熊只是一个引题，但结论相同，他宁愿他们都被熊吃掉了。

你看这个姓朱的，财大气粗，可惜已经得了胰腺癌。

这个老许还酒驾上报[1]咧，家族企业里没有一个争气的，未来根本不是对手。

还有，你看这里……蔡紫式在第三个人名下画出了族谱，指着一条条横线的尾端说：看到没有，下面全都空白了，嘿嘿，这家伙没有后代。

也就是说，就算他们被熊吃掉了也不冤枉啊，他说完连灌两杯威士忌，眼睛弥漫红玫瑰的濡色，看她还托住下巴纳闷在那张纸上，便开始谈起了阿莫的未来，他希望有一天当他终于成为镇上的首富，那时阿莫的接班之路正好可以开始启程。

你去把他叫出来，我有话跟他说。

要做什么，他已经睡觉了。

睡觉，睡什么觉？外面的敌人都还没有阵亡咧。

他斥了一声，酒继续喝，透露着他已选定了一家五星级饭店，下个月就要安排阿莫去当门童。我的企业不能没有一家像样的大饭店，他说，等将来我们饭店开业，那时候外界才会恍然大悟，原来门童出身的总经理就是我的布局。

酒喝多了，迷蒙的双眼望着她，那头黑熊引爆的灵感让他持续亢奋着，否则他们夫妻很少这样对坐在深夜的客厅。但她知道今夜没事，她没有任何预感，面对面的时刻他不会这样直来。他

[1] 台湾媒体用语，意即酒后开车被逮，上了新闻。

只喜欢暗中突袭，享受出其不意引来的惊慌，然后在粉碎的求饶声中让他自己越来越勇敢。倘若此刻她想印证，身上的薄睡衣随时可以轻松扯下，但他会认为这种挑衅非常无聊，他会在忽然警觉起来的氛围中戒备出一张忧愁的脸。

甚至扳直了上身说：这么轻浮的举动你也做得出来。

她永远不会忘记自己只是一块肉体的事实。结婚当夜，全然没有想象中缠绵，他的动作疾快，像一阵风来雨去，后来他起身套上衣服时，才忽然像个吃完飨宴的来宾品评着美味佳肴，贴着脸在她耳边悄声说：你的器官很美。

那样的赞美她不太能懂，她还躺在恍惚中，只记得像一头兽物的丈夫刚刚还嗅过她的手脚和腋下，在确认没有任何异味之后才卷起舌头开动了他的舔吮。她以为结婚就是这样，没想过还要那么多年以后，她才体会出那样的赞美其实是那么诡异，是再诡异不过的了。

但这就是他，话不多，想要击中要害才开口，这副德性依然还是老样子。二十多年前和他初见，是“蔡紫式工作坊”六个前缀先映入眼帘，歪斜而破损的小招牌贴在旧巷里，门一推开就看到了后面的墙，四张没人的桌椅空摆着样式，一个男的抬头和她对看了一眼，然后他说，蔡紫式就是他。

他丢给她一组标题，一堆作废的文案小字，要她二十分钟内拼出一张海报的雏形，说完便又回到墙下，两只大腿叠在电话旁，然后继续抽他的烟。她在窄小的桌面两手夹紧，一边挤着黏胶，一边裁起美工刀，不像个还算高傲的美术系高材生。她只有素描擅长，但她很想提早把这张海报弄好，一方面是双亲骤逝后的家用已经短绌，一方面她急需着一种昏天暗地的忙碌来埋葬掉自己的情伤。

蔡紫式抽完了两根烟，比那二十分钟还慢一截的蔡瑟芬小妹妹总算递出了她的处女作。她依然记得那个标题还是个问句呢，你快乐吗？可惜那个作品是不快乐的，上面亮着未干的胶水，中段的文字也因为慌乱而贴歪了。蔡紫式大约探视了三秒，脸上毫无任何牵挂，丢下稿子后很快回到自己座位上，然后挤出了一种忽然忧愁起来的声音说：其实你也可以来帮我接接电话，我大部分时间都在外面跑，有些业主打不进来就跑掉了。

蔡紫式每天骑一部老野狼，堵塞的引擎总要在巷口喷呛几声才能出发，回来时经常带着满脸挫败，老套的应景西装不断散发出难闻的汗酸。他四处承接别家不做的小型房产广告，自己写文案，美工外包处理，进门出门随手夹着几张被打回的修正稿。

那时的设计还很老派，标题讲求手写粗黑体，文案送到外面打字洗出相纸，加以剪贴编排后，再覆上一层描图纸来标出色号，才算完成当时俗称的黑稿。她翻了两个月的经典案例，暗自恶补模拟，从一个小丫头实习生慢慢摸出窍门，便开始把外包的设计案揽在自己身上，然后依循着自己的心情，尽在每张纸版的裁切线内拼命加框，大框加小框，小框内再加更细的针笔框，非要挤不进任何一丝缝隙，仿佛唯有这样的封藏才能稍稍保住掉在感情深渊里的自己。

她窝在巷子里整整三年。蔡紫式尚未发迹之前，那里就是他和她，没想象过公司远景，也没听说过员工享有什么聚餐旅游，他甚至没注意到她是女性，没有任何一桩生活小事成为他们悄悄的话题。她每天开铁门上班，有时终日只她一人，除了赶稿，她也负责留纸条，把谁等回电、谁要求进度全部记下，在那还没有手机的年代，她把纸条贴在他的玻璃桌上，然后关铁门下班。

直到一个加班赶稿后的深夜。她的摩托车飞往制版厂，停在红灯路口才发现稿面上的描图纸已经被风吹开，密密麻麻的文字段落忽然亮着几行空白，她急得回头乱找，拼命拍打摩托车上任何可疑缝隙，最后只有抱着公共电话无助地号哭起来。

预备在清晨开印的机器，眼看就要因为没有版样而停摆，而那又是圣诞节前金额最大的委托案。回想起来，那天深夜唯独蔡紫式才有的超凡冷静还是让她惊心，他只在电话那头冷冷问道，你哭完了吗？然后他去找出自己的原稿，要她念出掉字的地方，这时反而让她哭得更加伤心，那已经丢掉的字句不就像她的过去一样空白吗？

蔡紫式没有想象中的愤怒，他叫醒了凌晨时刻的照相打字行，只差还没把掉字内容交给对方。当那熟悉的引擎声从远而近时，她像拦车那样跑到了昏暗的路肩，孤零零地抱着黑稿瑟缩着，仿佛等待着一只援手来接走她的一生。

来年春天的蔡紫式忽然成为她的新郎。也许因为当时哭得太过厉害，所以得到了他的同情吧，她想。结婚的餐宴在一家三桌客满的海产店举行，点燃的鞭炮躲在雨中的檐板下结巴着，阿紫妈妈丧着脸坐在一个空位旁，想不通自己的丈夫才刚逃亡半个多月，为什么唯一的儿子是这样的鲁莽。

她也无法理解这个忽然变成丈夫的男人。只知道他的背影其实是孤寂的，从未看过他的喜悦或悲伤，仿佛一直躲在不为人知的世界里悄悄卧底，隐藏着真实面貌，每天为着等不到让他脱险的指令而深陷苦恼。

倘若这世界没有蔡紫式，也许她会过得更惨吧，她这么安慰自己，不快乐并不会痛苦，在这方面她比蔡紫式好多了。痛苦的蔡紫式只有表面是快乐的，追求歼灭敌人后的满足，享受四处掌声带来的狂醉，却无法忍受一个女人永远躺在他身边。

是谁让她的丈夫变成这样，她不知道，只知道有人藏在他的生命中。

·

生日刚到的凌晨，酒厢的气氛开始酣畅，嬉闹的小手会在他的嘴唇涂上白色粉泡，然后妹妹们轮流跨上他的大腿，一个个掀开自己的胸衣，让他白色的唇印紧紧贴在乳晕四周，像个失恃的孩子接受款待那般。圣诞夜，她们还逗他戴起红色绒帽，给他贴上了白胡须黑眼罩，让身上任何一处随他摸索，要是猜不出名字就罚他给出大红包。

妹妹们喜欢每年这两天，只有这样的节日蔡董不会抗拒，除了跟他撒娇时趁机讨些老账，还有助兴节目要轮番抽出两名幸运女生跟他一起出场上床。

蔡紫式没有所谓喜欢或不喜欢，床上他微眯着眼睛任她们摆布时，肉体享受着没有风险的挑逗，脑海里的宁静感也没有人有办法偷走。妹妹们一旦骚野起来，他越能静静地想起一个人，感觉那个人仿佛也在空中对他凝视着，而那张姣美的面容还带着忧伤。也是因为能够这样，他不太挑剔买单出场的女孩样貌，只要肉体的曲线妖娆，柔软度适合在洁白的床单上滚翻，他几乎就能在慢慢升起的放浪中听见脑海里的她的哀愁，并且嗔怒着对他说：为什么，为什么你要这样啊？

他也不避讳她们梳着指尖来到肚脐边的一横伤疤上。缝得真好看，哥哥你性病哟，割错地方了噢。有的还紧紧吸着它，刻意留下凝滞的血印，使得这道伤疤看起来像两片不快乐的嘴唇抿闭着。他记得还有个滑溜溜的台湾当地少数民族女孩，为了证实自己也有从槟榔树摔下来的旧创，性感地撩起浑身唯一遮掩的长发，拼命翻找着颈下稀疏的汗毛。

他用的是一把雕刻刀。从左腹戳下，没有想象中的剧痛，进去的瞬间才发现刀锋过短，既不想拔出再下一城，只好打横了握柄，仿如母亲的针线从衣背穿出，硬是由里往外捅出了另一道肉坑，而那把雕刻刀后来便随着他的昏厥，像支寂寞的串烧横在两道伤口中间。

他父亲在黄昏出发，五个小时后摩托车才抵达深夜的台北，带来的土鸡被留置在医院后方的雨棚下啼了一整夜。他从恢复室醒来时，虽然父亲突然喀出了难免哀伤的鼻音，但他还是觉得耳里听见的第一声呼唤，应该就是那只土鸡把他催醒的讯息。

两个伤口确实怪异，相距不过五指宽，不像一个仇敌所为，也难以理解为两个凶手选在同处各下一手，至于一般的寻短之路也不挑这种折腾两次的死法。他拒绝回答急诊医师的诧问，警察来了又走，后到的父亲当然也就一无所知。只有他知道自己其实拿错了刀，如果水果刀随手可用，切入的纵深就可让他不必醒来，也不用承受粗糙的钝面带来的莫名创痛。然而在那无言的当下，一个人倘若还能细腻到选好舒服的卧姿倒下，那么，他应该还有一些想法来渡过各种困境吧。

他的困境来自一尾秋刀鱼。瘦长的银灰色秋刀鱼，躺在那个午后的铁丝网上慢慢噗哧着，他一边顾着炭火的强弱，也时时望着她在那群姊姊妹妹之间打水嬉戏的身影。几个他不认识的男性聚在溪边的岩下抽烟喝啤酒，高谈股市财经和他们从事的专业讯息。他没有兴趣加入，退伍以来还没找到工作，只能窝在一个雕刻老师傅那里重拾以前的技艺，要不是临时被她叫出来散心，他不会想要认识这些高谈阔论的家伙。

他只想听到她的赞美，连一条秋刀鱼他也十分在意，翻面不能黏住鱼皮，头尾应该连成一体，全身务必呈现刚刚好的金黄色，那么当她上岸来到炉边，第一口要让她先尝，她会弯下腰来，深吸一口气，眯上眼睛，慢慢吐出赞赏的鼻音，然后用她亮呤呤的声音说，好美好香的秋刀鱼呀。

只有这条鱼不让他感到羞耻。以前他在镇上还有引以为豪的手艺，老杨桧木桶店逢人就说他是最出色的传人，但他后来还是离开了，只因她要到台北上大学。他开始在她学校附近的早餐店打工，油熏的污渍每天喷在脸上，打烊后只好绕路避开她的校园；也因为没有电话可以倾诉，不像住在小镇还有一台自行车随时把他们两人带到桥边。他只好等待她来店里，猫一样吃着她喜欢的蛋饼，这时他才有机会稍稍表达思念，并且透露他已经接到兵单的讯息。明明每天过得非常缓慢，却又觉得其实每分每秒都在拆解，尤其当他望着她离去的背影，总觉得她有着一种遥远的样子正在慢慢把他抛开。

两年后的这尾秋刀鱼，完美的体身，油溜的鲜香，却让他坠入了更深的迷惘——她们在溪边各自把脚晾干后，似乎又回到了来时的机灵，细声交换着内心话朝他走来，然后他终于听见了，听见其中一个忧心忡忡地说：你别傻噢，一辈子陪他刻木头吗？她们以为他没听见，还围着秋刀鱼欢声叫好，反而只有她静默了下来，朝他闪过一个飘忽的眼神之后，突然别开脸走向了另一边。

这样的情景，终于也让他想起了幼时住在镇外偏乡的往事。那时他家的矮屋对着一处兵营的后围墙，每天放学的午后刚好就是军人吃饱饭的空当，伙房里正在哐啷哐啷洗着锅碗。他丢下书包，立刻取了铝盘跑到墙边，里面放了两个五角钱，高高举起刚好搁在墙头上，然后等待某个伙夫把它拿走后，装出满满一盘白饭放回到原来的地方。那时阿公阿嬷还在，母亲偶尔回来，每天的主食由他负责捧回家，刺激又好玩，好像和一个看不见的人玩着看得见的游戏。直到冬季开始的某一天，他搁到墙头上的铝盘突然被一阵强风吹翻了，铝盘一瞬间掉进墙院里，而他等了很久的白饭一直没有出现。他急得找来两块砖头，踮起脚尖，终于看到墙的另一边。然而一个凶狠的老兵突然露脸了，那双爬满血丝的眼睛仿佛早就盯在墙后戒备着，猛地对准了他的脸孔，恶狠狠地吼声大叫：你，给我滚下去。

他终于厌倦这些种种的游戏了。倘若人生就是这样无奈的、玩了一半突然就缩手的游戏。在堆放着许多木头粗坯的房间里，那把雕刻刀就像种种无奈的当下那样地别无选择，他匆匆握起，没有太多思索，仿佛进去只是为了找人，找不到人只好从另一个洞里绕出来，像是惶惶然走过一条寂寞的暗巷那样的感觉罢了。

唯一不让这道疤痕被看穿的，反倒是每天住在一起的妻子。床笫中无意摸到它的瑟芬，很快就被他制止了。他一直回避着妻子面前的裸身，或许也是因为这个记忆，却没想到其实很多年来，那个人似乎还在他的左腹里存活着，虽然洞口已经封死，但里面的她还是借着疤痕呼吸，仿佛永远不会窒息。

·

终于还是决定离开的蔡瑟芬，理由就像当初的结合一样简单，以前没有快乐，现在也没有痛苦，离婚和结婚扯平，还得到一个好处，可以回到自己的路上，再走一遍，不会那么倒霉。

这样，任何争执也都可以避免了，输赢早已失去意义，蔡紫式虽然每次都输，但她怀疑他根本不想赢，没说两句便默默开溜，第二天才用冷漠来报复。

决定之后，才发现要带走的东西少得可怜，唯一让她在意的，反而只是楼顶上的一棵山茶花。树径超过两手合掌的茶花，当初移植已有成年人的树龄，来这里又度过十年寒冬，最高梢已经越过梁柱的上空。一直让她骄傲的这棵树，迷恋起来几近疯狂，她爱它纯净如雪，爱它开得不随便，每年总要等到像她婚姻尽头那样的冬寒露重，才有小心翼翼的一朵粉白探出脸来，然后寒风吹雪般弥漫在自己的天空。

但她厌倦了。对她而言，缓开的茶花是种来等待的，就像她等待的蔡紫式那样，可惜年年空晃而过，她等到的是扑杀不尽的介壳虫，椭圆状的黏腻虫体，长满了细爪的白色粉壳，一丛丛贴附着叶面吸取树汁，看了一直催她伤心。

小小介壳虫，多像自己的丈夫把他蔓延不尽的精虫注入不同女人的子宫，为了杜绝它们成群结队，曾经喷洒稀释的硫磺水，求助过一种工业酒精加辣椒再掺入醋酸的混合配方，也试着在树冠上套住塑料袋，从底下点燃几支蚊香，像个调皮小孩蹲在地上等待着它们的夭亡。

每个月她重复这些蔡紫式不曾闻问的细节，以为只要寂寞可以熬过，应该没有任何奇花异卉像这棵山茶花教她这么深爱疼惜。如今既无理由留它下来，终于决定把它转给十年前的花农，还敲定了移植的时日，没想到发生了一个插曲。

打算关闭的教室来了一个新人。起初被她拒在门外，但学生们起哄着，没有人反对男学员进来，她才回头仔细看着突然热闹起来的玄关，那人肩着小布包，正在低头收着伞，才知道外面下着雨。

那天的雨还带来了闪电，几记清脆的响雷让她不得不拔高嗓音，在一张自己的素描中从花梗、花萼谈到了花瓣，像对着一个中途辍学的学生交代着开学报到的事宜。

我不是来学这个，对方说。

看来不年轻，口气却极生猛。我只学一个月，你教我几个插花要领就好。

她没有回应，暗嗔着他的无礼，索性略掉一个章节，猜他没上完课就会知趣离开。结果没有，还逾时不走，填了报名表，每个字斗大，每一笔吃力迟缓，让她更不相信那么拙钝的人插得出多像样的花。

课程原本每周两次，对方主动要求尽量排满，非要半年后的进度压缩在年底前的时限里，这才想起他只学一个月的说词不假，问题是所谓花艺并不像进京赶考，一个讲究生活美学的人不会这么冥顽无知。

然而果真每次他都提早到课了。课余的空当，视线离不开桌间窗隅的陶盆土瓮，随时张望着急切的眼神，让她不免好奇，难道一辈子没看过花吗？

啊，这样也很美啊。频频对着旁人的习作赞叹着，课后还走到外面露台流连不去，问透了种种灌木花名，连不同的叶脉也看得仔细入迷。

碰巧这天就是树穴开始掘土的日子，他却走进走出一再劝阻，让她越是生出疑心。

不是已经开花了吗？他说。一年来的第一朵白茶花，悄悄躲在树梢末端的叶背上，从室窗看不见的花影，被他扒着栏杆探头探脑瞧见了。她坐在教室不想探头，移植已经着手进行，楼下的吊车正在待命，两个园艺工带来的绳索分头套紧了树干，油绿的叶丛慢慢在倾斜中飘晃着，像有一群栖住的野鸟惊慌地飞走了。

把树弄走以后，你还剩下什么？男的绕进来说。

不知道他在背后偷窥了多少，不怀好意到这种程度。想要驳斥回去，一时找不到用语，恍惚间仿佛听见了知音，顿时揪紧了胸口，差点忍不住泪水。

后天你跟我走，我带你去看一种没有人看过的梅花。

默默瞪着他，好气好笑毫无逻辑，也觉得他的铁口直断暗藏心机，但眼前这张脸却是那么真挚，便就随口应允了下来。虽然暗诧着自己的随便，幸好想到了阿紫的背叛——何况移树的事程已经就绪，再来只等自己搬出去的时机，什么时机最好，自然就好，一个男人突然闯进来、一对夫妻的感情生变了，多么戏剧化，虽不那么逼真，但一个要离开的人还需要逼真的台词吗？

要去的不过就是台21线的乌松仑，每年花艺团体都在那里举办的例会，凭什么夸说那是没有人看过的梅花？不想拆穿他，但为了避免招摇，她自己循例报名了协会的赏梅专车，答应他在山里会合。

车程却比去年漫长，陡坡也更弯了，颠簸的车路把她摇晃得又羞又恼，忽然又想到了阿紫，阿紫的第一次也像她这样的心惊胆战吗？

像什么呢，像心底敲起了鼓棒，刚开始很轻，有意无意，仿如慢条斯理的试音，直到对上了音轨，忽然是冰雹般的槌鼓，忽然又像曲终人散的凝静，直到整个心房暗室迷乱得近乎窒息。她不喜欢这种感觉，这种感觉让她发现自己处在一直无法抵达的中途，摇啊摇，摇得忽然哀伤起来，觉得素常多么安静的自己，为什么偏偏带着遐思来到那么多人赏梅的地方。

小巴士抵达了山村，果然看见他一路张望而来，昨天还上着课的人，脱掉了师徒外衣后，忽然便有一股腼腆横在两人中间。满坑满谷的人群不时涌起喧哗，默林下的茶道也在悠扬的木笛声中开场了。为了避开熟面孔的同好迟早认出她来，她只好朝着隐秘角落走，却又担心自己的不安被他看穿。幸好后来他闲不住，独自跑到林子里逛了几处茶席，回来还带着几罐新茶，满口说着刚刚听到喝到的一些茶经茶品，等到全都讲完，突然压低了声音。

我今天还带了手电筒。

哦，你用不到，来这里赏梅都要提早下山。

不行，晚一点走，要看的还没出现哩。

现在不能透露吗？

他摇摇头，才说出他是第一次来到这种地方。

她听不懂，眼前也逐渐模糊起来，去年一样的梅花都暗了，入夜后的山村终于只剩他们两个人。他跑到车厢拿了大夹克给她御寒，取出的手电筒没有打开，两个身影慢慢混为黑暗一片，黑暗中只听到他的喃喃自语：再等等，全部暗下来最好。

茶与花的盛会，人迹散尽的荒野。她越想越感到不可思议，即便出轨也不是这样的探险啊，想要放下脚步，两腿反而哆嗦起来，只好朝着看不清的影子喊：我看还是回去吧。

这时才有一轮光圈晃到她脚下，她勉强踮起碎步摸索那点余光，走到一半，赫然以为撞到了鬼影，原来他早就蹲在一根树头下，守着猎物似的连呼吸都凝住了。她还纳闷着，已被一只大手强拉而下，细瘦的肩头硬是被他揽紧，缩成一团的身子只剩两眼还能睁开，却没想到，这时他突然又把手电筒关掉了。

你准备好了没有？

你说……我应该准备什么？

听说眼睛眨一下也不行的，一瞬间……

那你就赶快把灯打开吧，你自己也准备好吧。

我已经准备半年了……

打开的手电筒倏地朝着树梢射出时，她专注的已经不是黑暗中的光，而是叶子落尽后的千枝万脉迎面扑来。原来是这样啊，她起着冷颤，发现这些铺天盖地的枝椏下，一粒粒的青苞仿如千万颗小眼睛，它们安安静静地悬浮在黑色枝头上，像夜空满布的星，像雨后森林中那些滴漏不尽的小水滴。

果然如他所言的一瞬间，她被这奇异景象震住了，明明没有任何声音，却又似乎听到了一种成群结队的呐喊，像一大群瑟缩在黑暗中的战俘，正在瞪着眼，看着她。

但她很快冷静了下来，一个大男人老远跑来，就为了揭穿这个黑暗秘密吗？他从哪里听来的，谁经历了，谁在喧欢的人群背后发现这么一个孤寂的瞬间。她还没问，发现他已经呜着寒颤的声音，慢慢伏靠在他自己的臂弯里。

从乌松仑下来的回程，她静静听着男人说话，一路没有插嘴。他已经卖掉房子，即将搬到偏远的乡村，那地方靠近妻子的墓园，此后他想做的，就是每天去那里看她，每天亲手给她一盆花。

他的妻子是在今年夏天过世的，死的时候没有合眼，最后一口气挂在嘴上的，竟然是多年以前他答应前来体会这一幕花开花落的记忆。他苦苦等待了半年的花讯，就是为了实现自己终于来过了的心情。

瑟芬慢慢听，慢慢发觉自己坐在一部充满悔恨的车子里，除了为自己原来的遐思感到可笑，却也庆幸看到了黑暗中的梅花。可是她自己的问题还在啊，以后的蔡紫式会是这个男人的翻版吗？但那又怎样，谁要那么愚蠢地挂在枝头，等待开出死亡的花。

·

她要求丈夫无论如何，也要挑一个晚上提早回家。

等了三天，果然准时回来，吃了晚餐，换了睡袍，坐在她面前。

这个情景让她想起他登完玉山回来，描述着遇见黑熊的那天夜晚。那是多久以前的事了，同样坐在客厅，她要说的却是别人的故事。

他带我去乌松仑，我本来以为他一定很喜欢梅花。

嗯，我也没听过男人会特别喜欢梅花。

他是想念他太太才去的，没想到只看一眼就哭了。

哭了，那不是很煞风景吗？

女人期待的事情，也许都要死后才会兑现吧。山上那么暗，她一定徘徊到深夜，否则不可能拿着手电筒在那里看梅花。不过这对你是没有意义的，以后你也不会哭。

你叫我回来，是要问我看了梅花会不会哭？

不要不耐烦，虽然你根本不担心我为什么找你，但我还是要说，很多女人像我这样来到中年，都会有突然想要离开的念头……

噢，你想要离开。

错了，就因为这件事，我已经决定留下来。

她问他要不要喝茶。她把茶巾铺上桌面，在他面前置出杯托，白色杯口对着一张疑惑的脸。然后她开始温壶置茶，缓慢的节奏间，发觉他似乎比想象中安静，正在悄悄盯着这些细微，没想到不久之后便在桌面敲着指尖了，指尖的触击却完全没有发出声音，看得出他的心思其实正在拿捏着，连指甲也在防备着。

茶汤在瓷杯里旋出了淡雅的幽黄。你可以喝了，她说。

什么茶？

今年的冬茶，你小口喝，慢慢会有感觉。

是烫吧，当然是很烫的感觉。

再试试，有一种特别的回忆在里面。

她拾起瓷盅给他添茶，看见他很快又把杯底吸干了，嘴里咂着声，抱怨闻不到他要的香味。她很想把杯子收回来，还是忍住了，幽幽看着他的脸。

有没有发觉一种冷冽感，经过味蕾，停留在舌尖。

什么冷冽感?

没有吗，冬天的萧瑟，冷雨穿透皮肤的颤抖，死前最后几秒钟……

他不想听下去，往前推出空杯，逃遁似的站了起来。

你的身上也有，阿紫，很多年前我就看到了。

那你说说看，我身上哪里，哪里有什么冷冽感?

到处都有，阿紫，勇敢把它说出来。

好了，我还有事要出去，不过今天晚上你讲得太棒了。

蔡紫式回房换了衣服，嘴里咂着几口冬茶残余下来的苦味。冷冽感?对啊，他想起来了，当他的上半身卡在墙头上进退不得时，那个伙房老士官的一张恶脸从此缠住了他的一生，那时候谁来注意到这个穷人小孩的心灵，这就是他妈的冷冽感吧。

他打了个寒战，随手套上了厚夹克，回到客厅时，才发现一长串的电话铃声还在那里空响着。他抓起听筒想要挂断，然而对方说，这里是蔡莫家吗?蔡莫是你儿子吗?

对方还说，你不要紧张，我们还在调查。没有没有没有，你来一趟警察局再说吧。你还要问什么，来看看录像带嘛。杀人，杀人就好办多了，蔡先生，你到底要不要过来?

蔡瑟芬虽然静静坐着，冷冽感凝聚的舌尖却忽然因为颤动，被门牙咬住了。

3

阿莫喜欢冬天，尤其是起风的下午，可以守在玻璃门内避寒，看到客人来到回廊下车时，才扳住金色门柄等待着，然后在他们上来之前把门拉开。

一大片的玻璃外可以同时看到两条街。左边是人车最多的大马路，嘈杂的声音会在绿灯后一路刷过去，其中也许就有几部车慢慢回进来卸客；右边则是小小的静巷，绝少有车从那边反向泊过来。阿莫的站班时间便有两个世界的分野，红灯时，他就悠闲地瞧瞧从静巷经过的自行车或小狗，直到灯号转换才又回到他讨厌的世界。

但他做得极好，灰色制服没有一丝褶痕，铜扣一颗颗剔透洁亮，而且只有他当班的玻璃门找不到客人的指纹，不会因为疏忽而让任何污渍抵触到他要的明白透亮。有时他心情好，会在适当时机走到门外伸伸腰，然后一边注意着从饭店里面出来的客宾。最远他还曾经跑到对街的斑马线路口，搀扶一个阿婆走过来，阿婆有气喘病，在饭店门廊下歇了很久，问他说少年耶你娶某未，你心肝这好，我查某孙仔嫁你好否？[1]

[1] 少年你娶老婆了没，你心肠这么好，我把孙女嫁给你好不好？

阿婆让他想起了阿嬷。那天下午阿嬷虽然没有把小咪赶走，拒绝的语气却是听了就明白的。阿孙仔，世间查某娶未完，你免伤心哦[1]。那件事的落幕就像几秒钟的烟火，小咪和她妈妈连夜搬家，任何音讯都没有留下。他只知道半路出现的阿公和她们母女一起生活过，但再追问下去已经没有意义了。

对于那件风波，阿莫已经没有自己的想法。他不再有自己的想法了。父亲把他带来这家饭店时，他也没有反抗，因为他没有更好的主张，自从小咪离开后，他已经不需要拥有什么主张了。

但他的好表现还是经常赢得赞赏，大厅主任会在晨训场合提到他。你们应该学学蔡莫，他做事多细腻，眼睛多灵活，看到熟客都喊得出挂头衔的名字，连肩膀上的灰尘都替客人拍走。你做做看，怎么拍客人的灰尘。是这样吗，你是在刷油漆吗？蔡莫你来示范。对呀，这就是贴心，轻轻抚过去，就像摸女人大腿，但也不能停留太久，你们可别以为真的要拍灰尘啊，我们是在跟他交心。

后来他不拍灰尘了。午后的空静时刻，认识不久的阿公从出租车下来，门才打开，一股气流马上吹来了声浪：啊你真正咧替人开门噢，实在可怜啦，你老爸真正是有够么寿。[2]蔡莫把他引到大厅旁的会客区，一时不知怎么说话，两手扭在背后，眼睁睁

[1] 孙子啊，世间女子娶不完，你不要伤心啊。
[2] 原来你真的在替人开门啊，实在是可怜，你老爸真够狠心的。

看见他滚毛外套的肩膀上满是杂混的屑灰。他突然觉得倘若没有感情，连拍个灰尘也是拍不干净的吧。他只好别扭地站在旁边，要不就是跑去开门关门，然后穿过透明门片的光影，看着老人仿如独自坐在大海里，那张没有靠背的沙发原是防止客人瞌睡，没想到他竟然像只海鸥停在那里盹了大半天。

母亲也来过了，但没有进来，她在对面商店街的穿廊竖起了衣领，拿着杂志贴在脸侧，像个普通过客那样随意浏览着，后来停在一家咖啡馆门口，直到不见了人影。虽然母亲常常来电，绕着生活小事谈，总说平安就好，简单几句话就把母子两人的心意完全弄懂了。那么，母亲为什么还不放心呢？蔡莫想了很久，是因为自己从来没有反抗而让她感到奇怪吗？

两个小时的站班后，父亲不让他休息，特别疏通了客房经理，让他兼做楼层服务。于是常有眼尖的房客会在上楼时惊叫两声，因为这时的蔡莫突然已经全身雪白，除了开襟的胸口，从头到脚如同雪人一般，和三分钟前的门童判若两人。他学得很快，早就弄懂了按门铃的规矩，针对不同客层调配着声调的高低，也知道扑热息痛放在哪里，找谁调借急用的老花眼镜，甚至连不合理的要求他也没有拒绝。

你看你看，我是这么不小心啊。那个房间里的女人冲着他这么叫着。

他被她唤来，看着她撩起浴袍露出的腿弯，一道发细的刀伤浮在奶白的皮肉上。

他知道怎么响应，客人都是对的。他说，我们有红药水，或者我去拿创可贴……

多拿一个酒杯，她说。

他处置得很好，查出她昨晚单独入住。他把创可贴放在茶几上，作势告退。

她说，难道你不帮我贴上去吗？

他面露难色，刻意缩退一旁，然而她已抬腿挂上桌缘，那滑开的浴袍蓦然袒出了白皙的大腿直至鼠蹊，隐隐漾荡出来的峡湾是他未曾涉临的海洋。这时他原本想要合上的眼睛却不能使唤，因为一股熟悉的痛楚忽然把他的喉结勒紧了，他怯怯地睁开眼，紧盯着腿上那小小伤口带来的困惑，终于再也顾不得种种训诫，恍惚间半跪了下来，撕开了创可贴，对着那道红斑轻轻按上。

他还挣扎了很久，想着该不该捡起滑落的浴袍替她覆盖，最后他决定不要冒险，否则她刚合起的醉眼随时会再睁开；至于伤口旁边，那些仿如每天的日记那样的一道道正在结疤的旧创，就不是他蔡莫的职责所在了。

几分钟后，他再度用着利落的动作恢复了门童的装束，匆匆俯在洗脸台上拍着脸，略为拨开了前面的发线，以便打起精神为他下一班的客人开门。经历过那个房间的情景，他觉得还是冬天最好，可以躲在玻璃门内避寒，也能天天穿着长袖制服，随时替他自己掩住手臂上的秘密，否则稍有不慎，一定也会泄露出和那女人同样的痛楚。

下一轮还是两小时，回到宿舍刚好六点。他一个人住，没有人替他把门打开。

·

蔡莫最后的值班，上午十点大厅门童，十二点零八分失踪。

大约十一点半的时刻也一直印在蔡莫自己的脑海里，那时他还瞄了一眼高窗下的水晶钟，正好一部黑亮大车下来了一对夫妇，门侧的泊车小弟跟在后面提着行李。

蔡莫开门，欢迎光临。大门关回去，车子却没有开走，里面忽然伸出一双长腿，一片黑色短裙挤出的巧圆臀身，一件卷了袖子的紧身毛衣挺在胸口，然后，短发下披着丝巾的女孩出现在他眼前。

蔡莫没有开门。他隔着玻璃看她走来，看她穿着很小的红鞋子，鞋面扎着羽饰，走起来微微地飘晃，像一只刚刚飞来采蜜的粉蝶。红鞋子踢着门，白色粉蝶飞起来。

为什么不开门？她叉着细腰嗔叫着，一脸小女孩模样的怒颜。

对不起，蔡莫说。他把门开到最开，终于第一次看到了印在玻璃上的掌纹。

女孩冷冷望过停在住房柜台边的那对夫妇，突然转回来。

喂，你干吗不开门？

他不断欠身赔礼，想不通自己为什么恍惚了。

但是她没走，看着蔡莫不知所措的模样，反而笑起来。

你很像一个人耶，你知道吗？

蔡莫本能地摇头，只知道这时候不说话最好，不像任何人最好。

二宫和也啦，傻瓜，你像猪八戒我还敢说吗？怎么不说话，害羞噢，像他不好噢，偶像团体耶，人家是演日剧的大明星，还会弹吉他和钢琴。

此后的半小时，蔡莫拉出藏在裤带下的毛巾，把门上的玻璃全都擦亮后，独独留下的清晰指纹就像刚刚那双淘气的眼睛瞧着他。他注视着当门童以来这个仅有的污点，忽然涌起了莫名的快慰——为什么昨天不也这样呢，为什么没有污点的日子还是没有快乐呢？他频频注视着大厅的动静，很想知道二宫和也是谁，也很想再看她一眼，看她的红鞋子，看她有点随便的讲话的样子。

母亲像她这样就好了，他想。虽然女人的气质很重要，但每天插花不会闷死吗？她为什么不能快乐地走出来。想起回家那天，母亲房间的木地板一直传来滚跳的声音，那声音很奇怪，叩，叩叩，叩叩叩，像漫不经心的击鼓，像一声声无聊寂寞的单音。他纳闷了很久，那些声音后来却又开始翻转，瞬间飞起来，忽然又坠落下来，他以为母亲终于还是想不开了吧，终于疯疯癫癫地跳来跳去，然后跳上了阳台……

十二点整，和下一班的门童交接后，蔡莫已在寝物间换上了白制服。他提着垃圾穿进环保室的窄道，丢完后准备绕过花园走往侧门的梯间，这时旁边西餐厅的长窗却偎来了一个影子，竟就是那个红鞋女孩正在对他敲玻璃。他看见她在说话，没有声音的嘴型张得很开，两颗黑眼珠朝着和她手势一样的地方流动着。

他看懂了，她要他走到水池边。

带我去买公仔，她说。

他虽然还是摇着头，却暗自高兴那么快又见到她。

不会吧，你连公仔也不知道吗？

蔡莫只能沉默，他发觉窗下已有几只眼睛朝着水池这边望过来。服务生，时髦小女生，那些好奇眼光很快会把经理引过来，他赶紧低下头，刚好又对着她的红鞋子。

那我完蛋了啦，我一个人耶，他们自己跑去打高尔夫了。

蔡莫转身往外走，决定从大厅进去，这样可以显现他的正直。但红鞋子跟了上来，他害怕如果两人同时进出还是会把自己毁了，只好停在楼墙隐蔽处，两手对她投降。

有空我会带你去找，现在请你走那边的侧门。

骗我对不对，你刚刚还摇头呢，去哪里找。

木偶戏偶算不算公仔？

笑死人，你有木偶戏的公仔噢，你自己演噢。

他有戴白色斗篷的史艳文，还有两个很可爱的小福童。他最喜爱的黑白郎君则被父亲扔进马桶里。他说：我自己演自己。

那我要看。

他低着头继续看鞋，觉得她的脚好白好白。

走啦，不走我要大声喊啰，二宫和也，二宫和也，二宫……

他让她跟在后面，越过了静巷，再转进前往宿舍的小路时，听见她叽里呱啦讲着新来的老爸，讲得很急，好像为了发作她的气喘病似的，脸色白得旁边酒窝都变暗了。

所以呀，上个月我妈就成为他的二宫了。才说呢，我就越来越不喜欢二宫和也了，不过你真的很像他唷，好像还比他好看一点啦，以后我叫你和也好不好？

他们进去的宿舍很暗，打开房门才有床尾洒进来的阳光，红鞋子脱掉了鞋子，提着它搁上阳光下的窗台。和也，快拿出来，她说。

进门后还呆站在一旁的蔡莫，看见她俏皮地弹起食指朝他比画着，才想起她要看的木偶戏偶。然而那些宝贝其实早已被他锁在家里的箱底，反倒是丢到马桶里的黑白郎君被他救了回来，藏在这间宿舍的抽屉里，像是为了保存一份美好记忆，从那天起，从黑白郎君这件事，他开始用这种怀念来恨自己的父亲。

哦，原来被你骗了，你好那个哟。她从床尾转回来，像个累坏了的女主人往床上一趴，静止了几秒，终于发出坎坷的哀号。他妈的和也，你每天睡这种铁床吗？

起来了，我还要回去上班。

拉我。

他从背后拉她两只手，上身轻得像被单，折成一个跪姿贴在床尾。

还要怎样？

抱我起来。

他伸手进去揽住腰间，闻到了雪白脖子的香味，这时她的嘴唇突然啄过来，淘气，出其不意，嘻嘻地笑逗着。他揽着腰往后拉，才发觉她的脚趾其实已经偷偷顶在床架上，这个细微的发现让他忽然想要从此抱住她。然而回去还来得及，他曾经答应母亲要在饭店里熬到死，何况后来他也把玻璃上的指纹擦掉了。

他走进厕所洗脸，听见桌上的吉他被她挑拨着，听得出那是没有概念的声音，却又觉得她拨得很好，仿佛天籁滑落在他的胸间。他忽然想哭，觉得其实那些指纹是不该擦掉的，可惜他擦掉了。他走回来接手，问她想不想听。

那你弹《茉莉花》好吗？我要跟着唱。

为什么是《茉莉花》？

傻瓜，因为我的名字就叫茉莉呀。她高兴得跳到窗下，只有那里还有极小的回旋空间。他看见她低头对齐了脚尖，匆匆拨着短发，把多余的碎发塞入耳背，两手垂后，两只脚尖同时踮了两下，然后悄悄咽了一下口水。这时她的眼睛便就开始不看他了，只看着左边右边的天花板，脸上的粉白慢慢晕出了红颜。

好一朵美丽的茉莉花　好一朵美丽的茉莉花

芬芳美丽满枝桠　又香又白人人夸　让我来将你摘下

送给别人家　茉莉花呀茉莉花

蔡莫第一次笑了，看见她唱完《茉莉花》的模样就像一朵茉莉花，脚尖又踮了一下，后面两只手也迟迟不放开，连眼睛都还停在天花板上。他很想听她再唱一次，想听的也许不是声音，是声音里面有一个模糊的方块正在溶解，好像要把他包围。

因此他忘了赞美，他听见她的脚后跟突然蹬了一声，那沉不住气的脸孔嗔怒着，一下又跳回床上挤到他旁边。换你过去，我看你多会唱。

我不会唱歌。

会弹吉他的人不会唱歌？

蔡莫告诉她，没有客人时他会在心里唱《雨夜花》，但老是没唱完就想起母亲。

那多扫兴呀，我是想要忘掉我妈才唱《茉莉花》。

他们两人仿佛陪伴着一把吉他似的，从他们坐着的角度刚好看到了窗外的夕阳。后来蔡莫想要下床开灯，被她贴在肩膀的下巴抵住了，然后她指着窗台上的鞋子告诉蔡莫，她一进门就想好了，鞋子是她的红色记号，她会在他突然动粗的时候从那里跳下去。

蔡莫没听懂，他看见那两只鞋子在黄昏的窗台仿佛睡着了。

是为了把鞋子放在那里，才要他开门进来的吗？想到这里，眼泪差点掉下来。

可是，你什么都没做呀，我现在答应了。红鞋子说。

·

两方父母各自坐在刑事组的沙发对角线，自称大队长的警官阻隔在两者之间，他要求饭店经理把先前说过的复述一遍，因为刚到的蔡先生也非常着急。说完，他特地看了蔡紫式一眼，他对这个姓蔡的反感到极点，一进门就发火，叫你们局长过来，不然我我我，先摆出来头不小的威风，也不想想自己的儿子已经捅出了大麻烦。

饭店经理一直站着，他确认十二点交班的蔡莫没有异常行为，如果要他再说一次，他还是认为西餐厅的庭园出现蔡莫的画面并不奇怪，毕竟那是丢完垃圾的员工常走的一条捷径。就算我不丢垃圾，有时也会经过那里，他说。

斜对面的老胖子听不下去。啊现此时讲这有啥路用，你嘛咧笑死人。[1]他短腿的膝盖晃了晃，一副别人的谎言被他拆穿的快感。蔡紫式很想扑过去捶死他。现在总算明白了，对方打球回来找不到女儿，把整间饭店翻过一遍后，就来报绑架案了，最后还把唯一线索归在阿莫头上。阿莫怎么会，阿莫连一只蚂蚁都让步，怎么会动她。

他又把桌上的录像复印件拿来看了一眼，觉得画面里的女孩未免也太随便，什么天气穿这么低，不就是抱着老胖子的蹄膀不断妖哭的那个女人的翻版吗？他虽然知道瑟芬其实也掉着泪，但她的眼泪没有声音，从这里也可以推论，哭得最大声的确实是丢了她家宝贝女儿，但瑟芬这种习惯性的眼泪，不过就是思念着被

[1] 现在讲这些有什么用，笑死人了。

冤枉的儿子罢了。

蔡紫式在他自己的冥想世界找到的，幸好还有这个信念支撑他。当年给儿子取名蔡莫自然也是语重心长，从名字的含意就看得出他尊重历史的足音：好的千万别相信，坏的更要唾弃到底，至于人世间的虚情假意，那就要看看老爸是怎样死里逃生。

他看了警官一眼，看了老胖子一眼，看了蔡瑟芬一眼，突然想起自己终于登上玉山北峰的那个瞬间，那时从他眼底流下的两行泪水是混合着失败与光荣的，是任何人，任何一个喜欢诅咒蔡紫式的人永远都无法体会的感人画面。

何况，此刻他更且安心多了——他看着两个扑空回来的警察低声报告了一番，警官转身告诉在场者，蔡莫的宿舍已经搜过了，也采了几个指纹，但房间里面看起来干干净净，很难判断有什么可疑的罪迹。蔡紫式特别注意老胖子的反应，果然对方又开始嗤哼着，啊我借问一下，掳肉是掳去宿舍等你警察去掠吗？[1]

蔡紫式不想再听，悄悄推了瑟芬一把。

然而她不想走，只有她知道，阿莫真的把女孩带走了。

她擅长的预感正在怦怦跳动。她不能离开这里，随时会有消息进来，好消息是阿莫和那个女孩一起出面说明，坏消息是他被捕认罪。但她相信前者。当照片里的那双红鞋忽然映入眼底时，

[1] 在宿舍折腾来折腾去等警察去抓吗？

她感受到的震撼并没有悲伤，脑海里重现的是阿莫那天撞门而入的情景，那时他原本惊慌的神色忽然又喜悦了起来，就因为终于知道她只是独自跳着舞，才发出那些令人疑惑的声音。阿莫紧紧偎着她，仿佛揪住一个幸存者，在她耳边絮絮说着她一时无法听懂的言语，母子两人后来坐在地板上，然后他看着那双脱下来的鞋子说：妈，你的鞋子很好看。

你那么喜欢红鞋子啊。

不是，我喜欢红鞋子穿在你脚上的感觉。

哎呀，什么感觉？

我想，就是一种会让我放心的感觉吧，阿莫说。

现在，她从回忆中找到放心这个词了，像一双温暖翅膀，陪她坐在等待的地方。但她无法把这个发现告诉阿紫，他体会不到这种感觉，与其这样，让他煎熬下去吧。

很晚的时候，一抹黑影忽然来到了落地门外，那是脱了外套挥舞着的阿紫的父亲，急着想要进来，像只焦虑的蝙蝠拍在玻璃上。但她发觉阿紫的脸色正在由灰转沉，浑身不为所动，只是冷冷盯着影子看。她想去开门，也被他的手紧紧按住了，指掌又冰又凉，仿佛低泣那般。

世人皆蠢

要是人人精得像妖精，这个世界里为什么还有那么多不堪的残局。

初诊时，医生还有笑容，问他职业背景，谈谈家庭也行，或是什么烦恼使他如此不安。他张望着没有旁人的白色诊室，还是不知道该从哪里说起。

但既然问得这么直接，他也很想说说对于盆栽的看法，觉得种在门口的金丝竹应该培土了，土块龟裂得不像话，竹茎都开叉了，还有丛下的杂枝最好也要剪除，好让根茎修长起来，种了金丝竹不就是为了脱俗吗？至于为什么要来就医，只能说每次散步经过这里，看到的候诊处总是排满病患，甚至已经认得其中的老面孔，每个都阴郁着脸，招牌上明明写着精神科，却没看过有人神采奕奕走出来。大概出自好奇吧，他心里说。

没想到还没提起那盆竹子，对方已经捏着听筒就位，看似不想给他倾诉的时间。他相信这时只要自己不小心发出一个声音，像无意义的耶、噢、嗯，或只是偷偷咽着口水，那条急躁的蛇管马上就会趁隙钻进衣服里面游走起来。

他只好喃喃念着，说他一个人过着平静的退休生活，然而平静带来了折磨，黑眼圈愈来愈深了，偶尔虽然困进去，醒来的时候还是黑夜，若要再睡，除非等到第二天。说到这里他就打住了，眼睛直直看着前方，看见医生的第二个扣子是补过的，看见找不到病因的蛇管从他背后溜出来，然后对方一度沉吟，又忽然啪啪写了一堆，没多久外面的护士便喊他拿药了。

诊断这么草率，还相信那些药丸吗。何况睡不好也不会死，脑海里的乱序才可怕，忘记的事情会突然出现，已经记住的却又转眼消失；而某些他不认为发生过的，却因为记忆这种东西一直模糊反复，好像恨不得随时把他摇醒，叫他起来穿鞋子，睡眼惺忪着去摸索以前的路。

就说当了十多年厂长这件事，明明是对工作厌倦才要提前退休，这清楚的记忆最近也带来麻烦，会在他半眯半抖的眼皮下方忽然把他的瞳孔撑开，然后就睡不着了，混乱的时空开始在他眼前纷飞乱舞——难道当初我是被公司裁掉的吗？难道我要走的时候，那依依不舍的饯别之宴都是假象吗？

上个月更离奇，混乱的梦中来了个陌生女人，却满口带着工厂女秘书的嗲音，然后跟他在以前第三工区后方的休息室里裸身翻拥着。就算以前曾经暧昧，却也不像梦中那么缠绵，没想到她的体味竟然残留下来，醒来后还闻得到那熟悉的茉莉花香。

最近的困扰同样缠人。以前常去的那条巷弄，多户人家早已迁离，那些平房短墙虽然还是簇拥着，不如说是紧挨着相同命运在等待拆除队的来临，这些记忆都没错，泥地上那些灰青的雨渍甚至还有他走过的痕迹。那么既然都迁走了，深夜的迷离睡意中，却又发现小曼还没离开，或者说，他看见她搬回来了，小小的庭地一直响起高跟鞋的叩步声，甚至看见她穿着一袭改良旗袍的侧影，那高的身影假不了，那莹亮的眼色还是那般妩媚，还从那宽口小院的花间伸长了她白白的脖子，俏皮地朝他勾来了往日一样的笑颜。

倘若只在梦里还好，反正思念常有凭空返照的倒影，然而这样的画面却是睁着眼睛看见的。那时他立即抛下胡乱的想象，透夜叫了车子在街区狂绕，好不容易找到那地方，热腾腾的心思才又荒凉下来：眼前只是一片墓园般的漆黑，久违的巷子沉沉地睡着，多年不见的瘦椰子孤单垂在一管银白路灯下，只有几粒晨星依稀闪烁在小曼她家那片黑瓦屋顶的上空。

在诊所里，他想说的就是这些，以后到底怎么依循，要相信脑海里看见的，还是漆黑的现场那些看不见的？他多么希望对方不要看表，也不要盯着他把自己匆匆讲完，即使像他这样的人生也有几句话要说吧，何况今天是第四次的复诊了。没想到对方依然只是沉着脸问起疗效，听到所有的药全都没吃，忽然恼怒起来，随手就把他的病历推开了。他很讶异对方气成这样，要不是穿着一身白袍，很想问他演过电影里面那个驻守边境的德军吗，眼神那么冷漠犀利，好像已经对他涌起了杀机。

而医生的这个动作是那么熟悉——当年最后一次去小曼

家，满手抱着礼盒敲门，她爸爸虽然笑着接手，实则也是这样悄悄推挡着一股力道堵在他的胸口。那个意思说，你走吧，别再来了。果然不久之后，小曼嫁到了南部，而对象就是那个传说中的飞行员。

那么，他同样也被这个医生拒绝了。你走吧，你先把药吃完再说吧。

几天前的深夜终于稍稍动摇了，水杯拿到了嘴边，想到只要头颈一仰，整个世界就会沉静下来，那一瞬间忽然激动得真想抱住自己。已经两年没有躺过床，一睡天明的滋味是何等快慰，就像一个病友说的，黄医师用药特别猛，吃了保证睡到中午，有一次家人还以为出了意外，又哭又慌地拨开眼皮查看，没想到那家伙还抢着闭回去哩。

然而最可怕也是这样，那些磨损的记忆会趁他昏睡时刻重新组装，像一头濒死的怪兽猛地醒来，然后继续和他对抗。

他一直在寻找的，反而是一种可以帮他消灭记忆的药方。

当然，有些往事还是甜蜜的，以前不是没有幸福的家。每个周末回来，妻子女儿早已守在楼下等待，他远远看见时还将提袋甩到了肩后，然后催着碎步快走，甚至最后跑了起来，像一架满载乡愁的客机入境，急着把它疲惫的机首对准温暖的大厅。

有些温馨画面也还记得，一次陪着女儿去注册，父女难得一起搭火车，两人分食着初秋的青橘子，那流出的橘汁晕着女儿偷偷搽上的唇红，看来可爱极了，让他特别感慨又惊喜。

然而几天后同样的行程，一家人参加开学报到后，他才见识到大学附近那窝悄悄租来的小住宅；母女各有一间房，小客厅连着一个简易厨台，妻子只说她要照顾女儿到毕业，其余什么原因绝口不提。他来不及问，两大箱行李已在眼前摊开，找到归宿似的一件件摆置起来。

那天晚上只有他一个人回家，火车依然滑入长长的隧道，却似乎把他关进漫无边界的黑色牢笼，那时他终于开始呕吐，蜷着胸窝贴在膝盖上，等到发作完，才发觉自己的心脏正在怦怦然拍抚着他的背，不断地拍抚，不断地拍抚着，好像这样才不至于让他感到特别惊慌。

留下来的记忆是这样不断地纠缠。

就像躲在大楼后方的那条巷弄，曾经穿梭多少青春时光，早就像一把梳子把他的黑发翻成了白，如今却还是以它颓废的样貌和他拉扯着，让他一直沿着梦中的足迹徘徊；如同此刻，离开了诊所，禁不住又穿进菩提树垂荫的小径，小径出去就是外环的天桥，只要跨过了天桥……

他在桥墩下暂且换气提神，勉强踏上了第一阶，发觉还是抓着扶手好。睡不好的坏处也就这样罢，神气难集中，两脚还会抖，好不容易撑到桥中央，看见下面的车阵变成急咻咻的滑板，而前方不断冲来的简直就是海浪，浪头上有喇叭声，人行道上还有晕眩的笑闹声；还有就是，他忽然发觉自己的裤裆底下，竟也在汹涌的潮声中奔出了一股热流，它悄悄沿着他的鼠蹊、大腿以及瘦窄的裤管慢慢穿漏而下，直到最后成为冰冷的水滩淹没在他脚底。

这一瞬间他宁愿死。他非常孤单，妻子走了，朋友们也因为他的问题而远离了。如果可以，多么希望就从这里跃下，被一波新来的浪带走，把他弃置在莫名的困顿中。

·

他太太在雨中的街摊买了一把伞。无色透明的伞，在一片灰蒙中像支萧条的瘦架子，一路撑着她的矮短身材。她在管理室签收了过时的文件，管理员还从柜台后方提来一袋卫生纸，用为难的表情说："江先生昨天又忘在电梯了。"

她被通知回来处理最近的纷扰。例如自家阳台掉下去的陶盆，砸伤了四楼的红牡丹；屋顶上正在抽芽的罗汉松，被某某人恶意摘断了；中庭里的那棵老朴树，每到半夜就有人躺在那里抽烟，而烟蒂直接插在草丛里；还有就是丈夫长期旅外的某妇人，抱怨她最近不敢单独下楼，因为有人躲在一个固定角落瞄着她。

所有的嫌疑直指她的丈夫。管理员忧愁地倾诉着：都是一些小事啦，也跟他反映过了，没想到推得一干二净，其实道个歉也就没事了。

上周五的晚上是导火线，买了西瓜回来也忘记拿走，流出来的红色西瓜汁把电梯大理石泡了一整夜。小区主委在电话中咬着牙："很不得已才要请你出面的，真是没想到呀，怎么会变成这样？"

她把雨伞的束带收紧，挂上楼梯旁的栏杆，感觉像是来到一户陌生人家的拜访。然而她也不想按铃，皮包里还有两年前的旧钥匙，毕竟这里还是自己的家。只是来到开门的瞬间，几根手指不免微颤起来，仿佛捏着自己的卑微命运，直到咔的一声亲耳听见，像路边随意的问安忽然得到应许，心里才算宽慰下来。

玄关以前就有的玻璃小桌，若不是自己眼花，那上面是水洗上蜡再以软棉千搓万揉的晶莹，在没有开灯的暗影中活生生幻亮着。诧异中往里走，以为看见的还是错觉：该在的东西都在，该换的也都没换，而最不可思议的，竟然一个男人的客厅看不到该有的尘埃，以致她忘了将皮包放下，忘了自己以前在这里哭着。她偎着沙发椅背发呆，不知道该坐在哪里，只能像个矜持的访客，站在心慌慌的地方等着陌生主人到来。

江先生正在回家的路上。他又买卫生纸了。昨天管理员带着失物前来按铃时，他其实已经有了预感，然而看着刚买的东西被一个散漫的家伙晃在手底，自然是有些恼怒的，于是干脆摇头否认就把门关上了。就算忘了卫生纸又怎样，脑海里的系统只是慢人一拍而已，有谁的记忆能比实际发生的还快上一拍吗？从不幸的天桥回来的路上，刚好碰上那个熟悉的轮椅小贩，卫生纸便是这么来的，这影像够清楚了，怎么知道回到小区等着电梯启动升空时，忽然被一首爵士乐的哀戚吸引……

然而忘了卫生纸不是也很可爱吗？有人忘不了卫生纸那才悲惨。记性好又能代表什么，好的坏的通通挤在脑海，到了中年还要猛吃银杏赶流行，不就像一个人已经捞到横财，偶然掉些小钞也要拼命捡回来。这是什么道理，每个人都这么贪，谁敢说他走过的路全都值得回忆，那是给要走不走的往事添麻烦，明明一个讨厌的客人已经走出门坎，偏偏下着雨又把对方留住了。

要是人人精得像妖精，这个世界里为什么还有那么多不堪的残局。

江先生进来了。他蓦然发现屋子里站着的背影，迟疑着要不要把灯打开，却又觉得那背影的光线刚刚好，不至于黯淡，但也不抢眼，不就是她回来了吗？他想要不动声色，却已来不及往外走，悄悄拐进厨房，然而里面已经暗了，这时如果往后退就更奇怪，只好困在进退都难的挣扎间，任由一股不争气的鼻酸匆匆涌上来。

那矮短的背影却在他身后走了过来，伸着手搭上他的肩膀，这么一下反而把他的鼻酸逼成了哭腔。他转过来对着她，鼻子愈吸愈紧，稍后干脆让它松开，变成呜呜的声音挤在喉间，仿佛重逢了多年不见的母亲那样地娇嗔着。

她被他揽住的头发只能抵到下巴，耳朵刚好贴近他的喉结，听见里面声波微弱，像一尾失散的鱼苗漂浮在干涸的水沫中；不禁让她想起他被小曼狠狠甩开那天，那时便是这般委屈地扑倒在她身上，然而那时听到的胸腔却是澎湃的滚浪，不像如今再也没有任何激荡穿流而来，里面只像一个遗弃的空谷，听起来孱弱多了。

那时她是他的信差，每次奉命带着情书进教室前，她会先把封牢的信纸偷偷对着光，虽然探不见一字一句，倒知道里面的笔迹下着极深的手劲，那是用尽生命倾诉才有的浓烈相思，连空白信封都晕出了墨汁。那时她只觉得可怜又悲哀，还不知道这样的人后来会是自己的丈夫。而当时的小曼是难以形容的耀眼，女人该有的妩媚都在她脸上，微微笑起来就能飘风飘雨，善解人意加上一口好声音，走到哪里马上踩遍一群失落的目光，要到黄昏日落两盏路灯在大学宿舍门口缓缓亮起，那些男生的青涩岁月才算度过完美残缺的一天。

她却不知道他的勇气从何而来，盲目跟着众人追随，用家教收入买礼物，从家里挖钱举办小曼的舞会，身上仅有的宝物是小曼帮他捡到的一条混色围巾，夏天披到肩上，冬天紧紧扎在胸口，直到小曼自己迷上一名飞行员，那条围巾才像一卷油条被他捆在腋下当成了臂章。排队的傻瓜们逐渐星散后，最痴癫还是他，用情太深也罢，出钱过猛也就算了，竟然跑到人家那里去理论，惹来小曼把两箱原封不动的情书打翻在他面前。

他哭得很惨，也只有那时的年纪才有那样激昂的哭声，混合着看好戏的热浪翻涌在宿舍外，还劳驾了两个舍监带着扩音器来平息。围观者终于散去后，他却还没有哭完，拎起纸箱里的其中一叠，用他气管里的最后一股辛酸，对着她这倒霉的信差咽咽泣诉着:“你看我每次写到天亮的，她一封都没拆呀。”

说完了，那快要断气的鼻音还是久久不歇，这时，她便是那般不舍地抬手搭住了他的后肩。她矮小的个子或她矮小的心灵所能做到的，至多只能这样而已，像个跳芭蕾的女生踮起脚尖，听着他体内凄怆的声音，然后给他卫生纸，给他湿毛巾；也给他安慰，鼓舞，爱抚，直到最后给出自己的半生。

·

她回到客厅坐下，看见他紧跟着走来，两人暂且无言，只能看着窗幔微微鼓起的闷在里面的风。她让皮包贴住膝盖，两手搁在上缘，指尖翻到皮包底下偷偷扣紧了。她知道自己应该主动开口，专程回来的，不说话还被以为是要住下来。然而怎么开口，该不该发一顿脾气，好像已经没有计较的心情了。砸伤了楼下的红牡丹，那就赔一盆红牡丹吧；至于哪位太太不敢下楼，莫非一副国色天香，要不然那种指控八成也是过度夸张的寂寞想象。

要让别人诅咒自己的丈夫还不如她自己来，何况摘掉罗汉松的新芽是避免以后的徒长枝，而半夜躺在树下抽烟那又怎么了，有谁不躺在树下抽烟或是看看星星月亮的吗？这些芝麻绿豆事看在眼里也就够了，她自己的问题都没有解决，还不是一路这样过来了。

匆匆和他结婚，一口气容下了他的荒唐，凭的正是天生活该忍受的卑屈吧。如同她的右脚，母亲少给了两公分，走起路来为了不让左脚孤伶，它便总是专心赶路凑对，像个安分的穷邻勉强撑持前面的门颜。左脚踏出时，右脚紧跟着踮起，担心这样还不完美，避开别人眼尖只好处处走慢，一路叮咛好脚别又忘情地跨出去，好让另一只蹩脚可以碎步随行；就像婚姻哲学里面的扮演，支持他，迁就他，极尽所有能力来原谅他。

总算后来看到了成果，婚后的生活美满充实，驻厂工作的丈夫每逢周末准时回家，女儿也在呵护的成长中弥补了她自己的缺欠，让她终于发现平静的生活好美，每天隐隐浮现的喜悦甚至使她感到羞怯，总觉得自己应该还可以承受更多苦难呢，倘若上天是公平的，她也配不上这么多的幸福呀。

果然最后还是配不上了。她不知道被他蒙蔽了多少年，接到他们公司的一通来电后，独自走进那个顶头上司的办公室，起初对方只是客套支吾，然而讲起她的丈夫立即怒红满面，那时她只能愧疚地垂着脸，清楚地记住了一道冰冷的指令，要她回去转达自动离职的讯息。

半个月后，退休惜别会混在那年的尾牙宴[1]中合并举行，她随意夹了两口菜，扫视着摸彩对奖一片混乱的餐间，确认出那传说中的女秘书不敢出席，马上飞车赶往厂务部门，果然看见一张不要脸的女面蒙在桌上哭着。她在门外敲着玻璃直到对方抬脸，那一瞬间周遭突然死静下来，她愣在原地无法说话，仿佛看见汪着泪眼的小曼也在看着她，那迷魅的分身几乎没有两样，连一头长发也特别垂卷在二十年前同样的地方。

那桩绯闻过后，她曾经试着重来，开始学习一个女人的精明，注意他的钱，直视他的眼睛，有事没事闻闻换洗的衣服，唯独不能看到的还是他的内心。还没决定离开前，还为他五十岁的庆生挑了一家高级餐馆，平常碰不得的料理全都叫来，满桌热闹得连生日蜡烛都来不及点亮。那天晚上他果然吃得很是开心，自从退休真相被她隐瞒下来，暂且敷住了伤口，就像吃着一条蒸鱼

[1] 尾牙是商家一年活动的“尾声”，各商家要大肆宴请员工，以犒赏过去一年的辛劳。

还留下它的完美骨架，总算把他活下去的颜面体贴得细腻周全。

但她的话题变少了，说完生日快乐突然找不到下文，眼睛蒙着黄昏色的灰，为了掩饰自己的异样，坐在他旁边只顾僵硬地笑着，听到哪里便提早露齿，笑过之后忘了合嘴，看在他眼里反而被说成一个更年期女性提早来到的痴呆。

然而就在她夹着一块肉送到他碗里的时候，餐馆进来一对嬉闹的男孩，大的是当兵的年纪，小的还穿着幼儿园背心，随后一个妇人也跟着出现，脸上捂着手机，一边对着男孩的声浪吆喝着。这一照面差点让她昏厥，妇人的一头长发尽管拢在颈后系住了，往昔的婀娜魅影也已经消失在横发的体态里，但那不老的嗓子留住了音声，曾经众目沉迷的美人痣还在颊边记忆着；还有，那忽然间朝她看过来的、重逢却不相认的眼神……

只听说死去的飞行员留下了一个独子，从此再也没有消息。

她警觉地转脸一看，才知道丈夫早已放下筷子，嘴角挂着残渣，整个人仿佛已经坠入思索，一瞬间就被扣留在静止的时光中。紧接着一个老胖子晃着钥匙走了进来，肚子圆滚，背带是金色的，嘴上的灰色胡须好像用来保护他的悄悄话，一上座马上昵在妇人耳边叽咕着，说得那些杂毛噗哧噗哧飞起来。

她悄悄挺住呼吸，用她银色汤匙刮净了盘里的剩菜，嚼着满口的悲酸慢慢鼓胀起来，只剩两眼依稀看着丈夫，看见他的眼神还在远方，只有两行泪水好像带回了他的乡愁，在亮晃晃的吊灯下泛着清溪一样的光。

那些鱼呀肉的撑在她食道里的，仿佛一路打着饱嗝直到今天。

他说他还好。不饿。中午吃多了半碗面。如果你愿意，电饭锅里面还有馒头。

她摇头一笑，很讶异他的语气没有杂音，不问她为什么回来，也看不出独居带给他的困扰，一个人可以过得这样轻松自在，应该没什么事要她忧烦的了。

别人在电话中的指控是那么无奈，她甚至想象他快要被人围殴的样子，才匆匆赶来，把回去的高铁订在最末班，否则现在也可以走了。入夜后的时间忽然缓慢下来，想要起身走走，他却像个侍者一直陪在旁边。他说，即将搬走的邻居问他要不要一个旧型鱼缸，他正在考虑放在餐桌左侧或是阳台。小区遇到的人都在谈你，什么时候回来呀，好像你不回来了。还说着附近新开的一家咖喱饭馆，那天他是闻到了香味才进去的。

他说话的时候突然有一种甜蜜的腔调，很像男方最后一次的相亲，生怕别人忽略他的好，正在压着柔腻的嗓音说着近况。斜挂在墙上的一把胡琴，是她多年以前从家里带来的，仿佛也偏着头在那里听着，不知道听出了什么，它会忘了自己也有原来的声音吗？

她现在过得很好了，早就摸熟了大学周遭的生活路线，不像这里的家突然那么陌生。她在一家服饰店帮忙，每天料理一顿母女两人的晚餐，假日一位教授会来约她去河边喝茶，听他回忆早逝的妻子，由于故事久远，谈起来已经没有任何哀伤。两人合起来几近百岁，却像一对旧侣重逢异乡，而她已经不穿以前用来遮蔽的长裙，光裸的小腿沿着河堤快走，像只踱行的白鹭鸶跳跃在鱼讯中，刻意让他远远落在后面看着，看她有一双焦急的长短腿，在夕阳余晖中显得特别苍凉。但教授还是经常来，来快一年了，知道她很在意脚上的不完美，索性不再治疗他自己的膝痛，两人仿佛进行着河滩上的障碍竞走，来到途中各自湿透了眼眶。她是为自己的不幸哭，不知道他究竟哭着什么，是因为同情吗？从没想过同情也有这样的幸福。

这样，还有什么深奥的使命要她留在这里，她很想出去街上走走，天空已经露出雨后的月亮了。趁着他终于去了厕所的空当，飞快地在客厅柜面拂了一手，也走进女儿的房间溜了几眼，依然不敢相信亲眼见到的，那是除非细腻才能打造出来的整洁气味。那么，如今他一个人享用的房间，莫不除了干净，也一样沉浸在巧手经营的浪漫氛围里……没想到推门的瞬间，一股霉味猛地从幽暗中扑来，眼前出现的竟是一个尘封的世界，床上散置着衣架、纸袋和电蚊拍，天花板松脱的灯座悬空垂落着，以前搜集的画册、共享的登山用品和相机脚架散落一地，地板到处蒙着一层毛絮围绕的灰，看似整个家里的尘埃全都跑了进来。

她正恼怒着脚下的拖鞋踩了一层灰，发觉他的影子已经来到转角，但他没有走来，仿佛预知一件谬误的后果而倚在那里待罪着。她不知道应该怎么办，从她进门开始便一再避开的有关生活细节的交会，现在避不开了。

她回到客厅坐下，无法想象自己受到的污辱，那个房间她还拥有一半，竟也如同自己的命运被他草草略过了。他直接蹲坐在沙发下的地板，脸上乍现着一层黯影，沉默半晌，慢慢嗫嚅起来，说他自从独自生活以来，根本无法待在房间超过一分钟。

“只要走进去，房间就会暗下来，就像上次搭火车回来经过的隧道，好像什么都没有了，你知道那种感觉吗？”

她不喜欢听到任何东西都推给感觉。她的右脚不会说话，走起路来却像一直喊着来了来了的样子，怎么看都不是感觉，若不像个奴婢一路追赶，那才真的什么都没有了。

但她愿意听下去，难得他要说出自己的内心。

“就因为这样，每天晚上都没办法睡觉，只好坐在这里看电视，有意无意才睡得着。醒来的时候还有画面，看到就很安心。”

“没有新闻就放日剧来看，很好看咧，都是以前你买回来的吗？我喜欢他们说话的声音，好像知道我睡不好，连吵架都有体谅的味道，有时还会嘘着手势提醒，吵到他了啦。”

“以为难听的话就要说出口了，结果都没有。我虽然半睡半醒，却好像和他们生活在一起，他们会把气氛处理得很和谐，犯错的会忏悔，离家出走也会回来。”

忽然抬起了他的脸：“你是不是也应该让我知道，为什么要离开？”

她移开视线，横过他刚买来的卫生纸，隔着不远，管理员转交的另一袋也搁在原来角落上，恰如一幕哑剧朝她数落着。说到日剧，那些曾经一起看过的画面，如今宛如新的剧情让他惊喜万分，难怪小曼永远都在，日日盘踞他的脑海，健忘还算小事，魂早就被那个女人带走了。

然而他又问了一次，还仰起脸等着她回答，看来是那么认真，也因为这样更让她感到悲哀。为什么要离开？白白离开了两年还没让他把答案找出来。她把皮包抓得更紧，忽然暗自慌了起来，那桌几底下的药袋是那么熟悉，蓝白底，楷书字，不就是帮她治疗身心症的黄诊所吗？好不容易才走出来，现在他进去了。

他看着她身上的细微，两年前一样的瘦骨，在她脸颊映出阴影的侧面，此刻忽又蹙着忧愁的眉梢，像个微颤的寒月那样沉下来。如果可以，真想紧紧抱住她，却又觉得此刻不容许，她的眼睛一直停在那个药袋上，本来没有的事情现在变复杂了。

只能说，她想太多了。那种药他是不吃的，就算里面加了抗忧郁，加了松弛剂，加了他们作为医生不容他人违抗的权威，打死他也不要留下这种愚昧的残疾。说更明白，他不想糊里糊涂跟着那个德军去打仗，那是一个多么庞大的遍布神经系统的战场，早上就要开始服用青色的药丸，大约午茶时间改服一颗神秘胶囊，黄昏过后还有两包等着他，分别用在前半夜，以及突然不舒服的漫漫长夜。

他把药袋拿来拆开，还当着她面前数过一遍，一包没少，证实他的身体毫不需要。

那天他是临时起意才进去的，回来就把它忘了，顶多牵挂着诊所外面那快没命的金丝竹；后来的几天连续烈日，没有浇水却也没有死，那龟裂的土壤包裹着的强悍生命简直就像他——眼压急速升高的惊恐，太阳穴如一团火球贯穿的剧痛，还有就是无重量感的腾空幻觉，这些可怕经历都在测试他的耐力，而他也没有死，没有任何一声呐喊。

明知吃了药可以安睡，他的想法刚好相反，就是抱着要把所有记忆一次消灭掉的强烈意志，才任由长时间的失眠来帮他彻底摧残。是的，还要什么愚蠢药方，现在一步步奏效了，健忘最明显，恍惚感也替他打发了时间，再来只等混乱的脑海开始陷入迟缓，像一处急濑慢慢流入浅滩，那里是水的镜面，像一潭无声的深渊，一切正在朝着完全遗忘的方向进展。

谁都以为这是诗人醉酒的境界吧，在医生看来或许也是生命无望的回光，却只有他知道，只要这样持续下去，总有一天他会看到脑海的真空状态，那时好的坏的都将全数淘净，从此再也没有罪过残留。啊，那时多像一只笨鸟忽然调皮起来，飞到了高空，停住，然后失重，享受坠落中那些冰风雪雨的洗礼，最好它无辜的鸟头还因此撞上山岩，或者直接倒插在泥田中，从此失去森林的记忆。

除此之外，除了那个无法进入的房间，其余他都准备好了，为了迎接她回来，时时擦拭着家中每个角落，买最好的清洁用品，照着早安生活节目的主妇秘诀，像只灵犬也像个奴仆跪在地板上，果然所有看得见的都被他擦亮了，如果生命中的灰暗也能这样全部擦亮就好了。

还等着你回答呢，为什么你要离开？

从那天晚上的餐馆回来，她就不愿说话了，显然问题就在那里。没错，那晚他失态了，一个男人要熬受多少苦痛才流得出那种无声的泪水，他竟在转眼间倾注了满脸。那真是一个荒谬的玩笑，只因为一个熟悉的背影忽然现身，二十多年的思念化作一张脸，匆匆来不及辨识，乍然一见马上将他推落深渊。最要命的当然还是后来无端出现的猪胖子，晃着钥匙走进来，一靠近就把全身肥肉端上去，也不想想那是谁的位子，那个位子就算永远空着也轮不到他这样直来。

回家后翻来覆去的深夜，特意把那妇人的外貌再放大评比一番，才蓦然发现那些眼泪都白流了：那张脸裹着慌张的脂粉，全身肥沃得像个多金庸妇，怎么说都不应该拿来误认，以前那双黑亮的眼睛会变成两涡死水吗？那轻浅一笑的神韵又是哪个花痴学得来，像只像一半的脸蛋罢了，不像的一半任谁想要琢磨复制都是徒然……

看她还是静静地坐着，仿佛为了回答而陷入了沉思，他觉得还是不要惊扰好，悄悄拿着外套起身，蹑到门口，轻轻开门，这么轻悄还是引来她的注意。他只好小声说，我去买面，你也应该吃点东西了。

他轻轻关门。门缝最后的一瞥是她起来扭着懒腰的身影，可见她不想拒绝，她将因为珍惜一碗面的相聚而留下来，如同他为了逼她回来而做过那么多窝囊事一样。他浑身轻快愉悦，一直到他搭电梯、昂首走过管理柜台、来到亮晃晃的夜市里，觉得整个脑海就像已经顺畅排空的胃囊，很轻，没有任何一念的杂音，只浮现着等他回家的一张安静的脸。这个家回来了。他想，如果人在而家不在，那最悲哀呢。

·

他也能想象她不愿意闲着，趁他出门马上走进了厨房，拉出拖把，提着一桶水，然后开始清理他的房间。 而一旦做起家务，她就是那样专注，头发都乱了。

房间里只有窗边少许的月光，却难不倒她，她的双手凭着鱼的记忆利落地游走，当她换过几桶水的时候，看来一点都不累，还回头对他说：去看日剧吧，听到你这样走来走去的脚步声，我觉得好心酸，好像刚生完病的孩子正在期待明天的旅行。

她的声音听来无比温暖，像一缕轻纱飘着旋律覆盖在他身上。于是他果真像个孩子般开始诉说起来，说起那天晚上，一直让他愧疚的那天晚上，他真的像个狼狈的男人吗？

她趴在地上推着抹布说：“不要胡思乱想，那天晚上你根本没有哭。”

对于那两个嬉闹中的孩子，她说她的印象已经模糊。至于后面走进来的胖子："那是别桌客人呀，穿着背带裤对不对，那种货色你还记那么清楚。"

他愈想愈觉得这样的对话好美。

可是她一直反复推移的抹布是没办法把地板擦亮的，推过去再拉回来，还是那些尘埃。他很想蹲下来教她，擦地板的方法其实也是关于往事和记忆的，推出去才会干净，拉回来等于又把脏东西带来了。何况像她这样一面做事还要一面说谎，显然不是为了干净，而是在表达对他的同情。

他需要的当然不是同情。在餐馆里出现的女人到底是谁，这才是重点，这不就是她离家的原因吗？他不只想要强调那是一个误会，也希望得到她的谅解。因此他终于鼓起勇气，把纠缠不清的疑惑说出来：你再仔细想想，你真的看清楚了那个女人吗？

没想到她毫不犹豫，忽然转过头来，专注的眼神是那么真挚，嗓音也忽然嘹亮多了："她当然不是小曼呀，你说说看，小曼有的，那个女人身上哪里有？"

他听了终于害羞起来。他们夫妻间，这个名字是不能出现的，没想到她一口直喊，还意犹未尽地夸赞着。那种美是天生的，她说，连我是女人一样也会着迷。

如果她说的都不是谎言，他觉得这样就够了。

他晕陶陶地在烟气漫天的街摊叫了两碗面，整颗心融在暖意里，掏钱时才发现忘了皮夹，急着往回走，踩空了路缘石的落差，踉跄几步后继续快走，走过头了，转身开始跑了起来。

然而门前的踏垫上已经不见了她的鞋。玄关虽然亮着灯，沙发上只留下微陷的坐痕。他跑到房间口，脚底传来的是黏滞的沙尘，幽暗中的杂物还是原来的样子，还有那些拧布的水声也都消失了，到底都是梦幻一样的悠鸣，像他有一次休克醒来最先听到的那种微弱音。他一直期待的谅解，还有像他这样的男人活该承受的困境，似乎同时来到了眼前这一瞬间。

他贴在墙角坐着，总算慢慢回复他的思路，觉得她这次回来过早了；如果再慢几个月，或者再也不回来，他还是会留出一个完全清空的脑海永远等待她。当然，以后他再也不想躺到那棵树下抽烟了，也不希望那位热情的太太把他的窥视当真，倘若这无知的世界还容得下他的纯真，如今也不会有那么多的纷扰一直把他纠缠了。

他后来还是回到街上，这回总算带着皮夹，然而已经忘了哪一家的面摊。

小说一样的人生

——王定国答《印刻文学》总编辑

初安民（以下简称“初”）：读你的小说令人觉得“缠绵悱恻”，某种神秘感，几笔就把情境、氛围抓住了，深深勾住读者的情绪，像跟小说谈恋爱似的。在杂志上发表的几篇，《某某》（原名《是那么美好》）、《落英》、《我的杜思妥》，还有这次的《那么热，那么冷》，读来真是“冷热交替”，心情随之起伏。这是因为你总能抓到人类情感的共通性吧！加上你的小说文字里有一种淡淡“哀愁的预感”，好迷人的冷静和美丽，这文调在台湾的作家里几乎没有，我很好奇，你觉得自己的小说传统来自哪里？（你以前读过很多日本小说吗？）

王定国（以下简称“王”）：小学毕业前我还不知道什么是

课外读物，但十五岁读的第一本书却是克尔凯郭尔，紧接着是萨特，存在主义在那时代淹没了我的少年时光，尽管九成看不懂，但总觉得那是我的错，“对方”一定是要告诉我什么才出现在那些文字里的。我开始把做摊贩的父母每天给我买面包的十块钱换成书，从入夜后的西屯路出发，走五十分钟，转进中华路夜市经过一摊摊蚵仔煎、米苔目和担仔面的诱惑，才到达那里的旧书摊。但也不是买了书就走，还要站在灯泡下免费看够本，看够了才用那面包钱买它五本的《幼狮文艺》月刊。

日本小说在我阅读的分量里不算多，但我喜欢它带给我阅读中特有的安静感，它让我放心，让我觉得倘若世界上只有日本文学也无妨的那种程度，但其实在小说之外，像冈仓天心写《茶之书》、谷崎润一郎写《阴翳礼赞》，我喜爱的反而是这种让你可以沉淀下来的美感。

我并不知道自己有没有受到日本小说的影响，但可以确定的是，我的小说经常着重于心理写实的层面，应该就是日本文学的内敛让我养成潜水艇一样的性格吧。

但你相信吗，五十岁我才去到日本，跟着旅行团，第一站是金阁寺，满园人声鼎沸，我却站定湖边不走，突然一下子眼泪直流，妻子孩子都吓傻了，那时我也无法明确回答他们的惊问，只知道心里一直有个声音在说：我来晚了。

对于喜爱的事物我会偷偷抗拒着，我一直是这样的人。

初：你这样的性情正是你的小说迷人之处，好像得到一件心爱的礼物，并不急着把它打开来，而是左看右看，抚挲半天，等四下人群都走光了，才独自偷偷地揭开包装的一角。这种心理层次的揣摩，就让礼物（小说）无形中散发出钻石般的光芒，读者因此被深深攫获住了。那么，从阅读跨到写作，你好像不需要人教，自立即成，或许应该说，你的直觉、自信很强，知道自己是可以的。如何开始的？写这件事。（现在写小说跟年少时有什么不一样呢？）

王：那我就要再谈回到十岁的时候。十岁那一年我忽然很强烈地想要拥有一个钱筒，也就是切掉头尾留下竹节两端，上缘切个细缝用来投币的那种。其实那时我根本没有任何零用钱，父母常年在外奔波，而我寄住在大表姐的裁缝店里，钱对我而言非常陌生，但我却又知道，就是因为没有它才让我成为这样孤单的小孩。那么，我对这个钱筒的渴望究竟疯狂到什么程度呢，我当上了小偷。记得那天黄昏刚过，星星还没出来，我就“失风”了，在鹿港公园路天主教堂旁边的工厂竹堆上，我被两个工人架住手臂，他们大声咆哮笑骂，说注意我很久了，既然要偷竹竿，为什么那么急，才下午四点就来门口等待他们下班。

后来我才慢慢体会，我一直想要存进去的也许不是钱，应该是一种比硬币还小的、想象可以每天从心里掏出来再丢进去的某种神秘东西吧。

四十年后我在诚品买了两个竹制但很精致的钱筒回家，分送给刚过十岁的孩子，我建议他们不妨丢纸条，把各种委屈愤怒或者孤单全部丢进去，那么以后如果忽然成为人父就可以剖开它了，我相信在那一瞬间所看得到的，应该就是人生中最纯真也最珍贵的自己。我不知道他们做了没有，或是塞进了多少夜晚的心声，我只知道以前那个得不到的竹筒里面，对我而言是一个非常神秘而且温暖的地方。

你问我写作是如何开始，刚好让我想起了这段往事，写作不就是把广义的竹筒里面最沉默的东西慢慢掏出来的动机吗？我只是没有写得很好而已，倘若我有天分与耐心，应该可以把里面所有的东西都掏出来才对。

后来我不是用面包钱买了《幼狮文艺》那一类的旧书回来嘛，便开始每天把舒畅、欧阳子、朱西宁等等几位前辈的某些句子抄在课本上，以便课堂中随时可以偷偷看见他们。直到有一天，这个习惯被数学老师发现了，他把我拉起来打，打完又把我甩到有窗户的墙边，从此留下了我的左眼下面如今还在的伤痕。我从这里开始写作。

然后，两年后的青年节，在台中双十路的体育馆，满满一片庆祝会的人海中，我突然以获奖者的身份坐在那里，恍恍然感到彷徨无依，因为撞过墙的我一时还无法相信自己拿到了小说比赛第一名。活动接近尾声，一个大姐姐跑过来，她说她是广播节目主持人，叫我散会后不要离开，还比画着等一下要见面的某个楼梯出口。我望着她，忘了回答，现场很吵，她甚至附在我耳朵用着女性的亲昵大声叫着：等一下要访问呵，知道吗，你听见了吗？

后来我果然走上了那个楼梯出口，但我竟然离开走了出去。

我还不只是错过那场访问，此后的这么多年来，不论在商界或者我其实一直非常关注着的文坛，我仍然还是默默处于自我独行的状态中。是我早已习惯让自己躲藏在一只只竹筒的秘密当中吗，我就不知道了。你刚刚问的如果就是有关写作动机那样的心灵，我想，可能现在我正在做的，就是从事着一种掏竹筒的动作吧，好像舍不得一次把它剖开，而是久久一次，悄悄探入一线铁丝，然后慢慢地，把隐藏在里面的东西慢慢地勾出来。

当然，现在写小说的心情和以前都不一样了——感觉虽然都很棒，但以前是拼热情，现在用生命。以前爬格子的速度像印刷，听得见笔尖在稿纸上沙沙作响，偶尔遇见为了躲雨而提早收摊回来的母亲，她会坐在旁边折着衣服，一边说：听讲人隔壁阿村彼个尚细汉的，已经考上大学啰。[1]嗯，我现在的写作么，是这样，不论是从泥浆捣灌中的工地回来，或者从满脑的忧烦中抽

[1] 听说，人家隔壁阿村那个最小的孩子，已经考上大学啰。

身，其实都很难再拼凑出能够好好写作的完整时间了。偶尔难得已经打开计算机，敲着比吸烟还慢的字键，却又还是改不掉写作的癖性，不允许同一个句子出现重复字，不允许自己跟着所谓文字技艺的流行而动不动就在句子后面加括号；不只这样，还要求自己要在尽量节制的押韵之外顾及小说的节奏感，至少也要保有一点点文字段落中的音乐性的氛围，有时便就因为这样而陷入像是自我毁灭的状态中，手气差的时候只能胡诌出几笔不成行的断句，浑身回荡着浪子回头的焦虑心情。

然而再怎么样，到了现在还能写作那是最幸福的；当我半夜里突然发现已经抽光了最后的香烟，我的妻子就是有办法从她的私藏中摸出一包拿来桌上。一个女人明知不可为而又愿意突破她自己身为人妇的困境，你说，文学不重要吗，我怎么可以不写。

初：“成名要趁早”，你属于天才型的小说家，十七岁开始创作，二十多岁荣获台湾《时报》和《联合报》文学奖，八〇年代初，这两个奖项，也就足以立足文坛。突然的，你却往另外的路途发展，你考上公职在法院当“书记官”，不久又离职，转往房地产业打拼（以上这一段说法也就是目前可以找到的关于你的一些“标准”记述），但你当时心里的转折究竟是什么？有哪些外在的因素和内在的心境变化，可以跟读者分享吗？

王：我没有念过大学。

退伍后学人家卖房子，看到客人会怕，还没上门先躲起来。

也就是说，我什么都没有。我太太那时也不能嫁给我，他们是庞大的味丹家族，自然全家人反对到底。她本来是被安排嫁给医生的，偏偏杀出我这个流浪汉。她为我顽抗了六年，最后家里开出条件：因为这个人没有专长，那就叫他想办法考个公务员吧。

那是什么魔力我不知道，苦读一年我就考上了，被派到台北的“法官训练所”参加集训，第四天，我从一百多个座位上突然站起来说，我要退训。

我对体制这种东西厌恶到这种程度，连自己都会害怕。听说是因为有史以来没有一个准公务员是要这样退出的，终于后来直接把我派到“台中地检处”，才开始了上班兼实习的日子。

然而如果我当“书记官”，肯定会是一个贪官。

实习第二个月时，已经有个撞球店的老板娘找上我，她说她先生与人斗殴，被关起来了，希望我帮忙保他出来。在一棵树下，她塞来一个信封，那一瞬间我没有通过自己的考验，因为我虽然还强硬地将手扳在后裤带上，但我知道它在抖。我相信最迟一个月两个月之后我一定会把这只手伸出去的，毕竟我是因为被很多人看不起才来到了这个地方啊。

我的“书记官”生涯其实只有三个月，因为果然很顺利地结了婚。

当然，进一步促使我决定离职还有一个重要的因素。后来股票上市的宏总建设，那段期间每两天就派一个总监来等我，我穿着法袍坐在台上振笔直书，他则靠在外面窗边猛抽烟，一等我下来，他就苦着脸，同样打开那句老话：阿汝好未啦，汝不是答应头家欲转去上班吗？[1]

离开后，我什么地方都不去，开了自己的第一家企划公司。是小说一样的人生，才让我成为小说家吧。

初：“爱情”在这几篇小说中都占有相当分量，也常常是牵引角色之所以如此行动，背后的最大因果动机。而在你小说里的“爱”，男人总散发非常“雄性”侵略的特质，女人因而是柔弱接受的一方，在这种张力下，性的描述悬宕着一丝暴力和不安，带来欢乐的同时也是伤痛的开端。特别在婚姻中，男女之情充满疏离、追悔、遗憾、对峙，似乎有什么永远解不开的结，凝缩在角色内心；而另一方面“欢场”里的性，虽然充满花样、声色和刺激，但也经常是带着“疲惫”。男性的孤独与女性的苍凉，被你写得入骨了。你觉得性和爱是何种关系？是冲突、是政治、是妥协？是一体两面，还是它们可以完全不相干？

王：坦白说，直到现在，我还在意着早年没有投入乡土文学的那段空白。以我贫困农村的出身以及家业的破败，我似乎更有

[1] 你好了没有，你不是答应老板要回去上班吗？

资历描写底层人物的卑微，但为什么没有写，说穿了我是刻意逃避那种现场直击式的表现法，若我写了，我会在里面，这样反而让眼高手低的我更加卑微，若因小说人物的抗争而削减了小说艺术的成分，我是不愿意的。

但要说我因此放心撇开了人性卑微的挖掘，那又刚好相反，表面上虽然写爱情，着眼点其实是为了掀开现代人的苦闷荒原，这在我个人而言是除了爱情形式之外我无法做得更好的。雄性侵略所带来的疲惫或哀伤，何止是爱情里面才有；而女性在我小说里面虽然是软弱的，幸好她拥有我想要的灵魂，所以尽管说我擅长描写男性的霸权也罢，但我在她里面，抱着一种其实没有男人也没关系的想法在疼惜着她们的悲哀。这样，性与爱当然也就不是我要刻意摸索的，要我拿笔特写，刻意慢条斯理，或极尽腥色字眼，或干脆停格下来挑弄性与爱的缠绵，若不是写得很美，我会不安的。

很奇怪的是，小说中虽然偶有不得不涉之处，也顶多只是寥寥两三笔，但看过的人竟然都把读后感集中在那一小段，都说，写得很那个耶，你是行家噢。

我让他们脱下裤子，其实只为了要穿回去，因为后面还要忙着忏悔吧。

初：“人生每件事在出错之前往往都是对的……”《落英》以这句话开头，太有意思了。这句话正是我觉得你小说人物（特别是男性角色）所处的情境，他们往往都走在某种“悬崖”上，一步差错，就会粉身碎骨。偏偏他们“喜欢”这种刺激，好像在那样的危险中，才能证实生命真实的存在，他们不想平凡，他们不断要冲向最高峰。于是小说里描述男人的许多面目，有残酷，有欺骗，有落魄，有谋略，互相竞争炫耀（最终是为了女人？为了权势？），各种人性百态在商场里竞逐。现实中你一定看尽了这一切，转换到小说，你悲怜着人性的“罪与罚”，你觉得可借由小说冲淡、升华它们吗？

王：着墨于现实面的文学之作不是我的取向，我不是个喜欢说话的人，自然我也不喜欢以说故事的形式来成为一个小说家。然而我也不愿以特殊或者艰涩的文体让文评方家设属为某某实验性代表作这样的牌匾。我一直表现的只是现实的背面，如此而已。在这方面我是谦卑的，我不为自己写作，也不为众人，我只为小说人物写作，替他们发声，甚至仿佛替他们死。

死亡常常是我设定的主题，其他情节算是铺陈，都只是在为死亡做准备。我前一本小说《沙戏》写的便是这种东西，我以为唯有死亡可以唤醒生命，它是除了生命之外无法比对的价值，而我重视这种悲悯带来的价值。一个作家的基本养成应该也要具备这样的条件，虽然现代网络兴盛，会敲几个字就想成为作家，但文学其实不是这样的，没有感情绝对成不了高手。

至于，你说小说是否可以冲淡或升华那些人性中的罪与罚，那就仿佛又回到我们为什么要写作的种种自我质疑了。就像我说我写死亡是为了唤醒什么，也许同样也会令人质疑吧。我很多公职朋友都对我“很好”，他们曾经特别拨时间来读《沙戏》，蹙着眉头，因着阅读而带来的苦闷完全写在脸上，读完之后才算松了一口气，然后开始用一种仿佛脱困的笑声来揶揄我为什么要写死亡。普世价值中的高峰和低谷还是容易让人望而生畏的吧，死亡一直被视为不洁的、恐怖的，可见现代人的心灵还是大量存在着极脆弱的空间。

初：会这样问，是因为以你目前在商界的成就，仿佛什么都不缺了，你却仍没放弃写小说。它们二者在你心中占着什么样的位置？相对于你事业上的“报酬率”，写小说实在是伤神又费心，“所得”极少，然而我看你的每一篇小说，都可以深深体会你对创作的钟爱，似乎商场的成功，并不影响你对小说的态度。这很难得呀！

王：成为建商之前，我做的是广告企划。房地产的广告很简单，每个案子的规划重点、建材设备和地段信息，只要定案就能从头用到尾，唯一需要我费心的是每篇广告的标题，但这方面我相当自负，总认为只要看完我的标题，就应该已经浮现出购买的决定。

报酬率吗？我的字，很可怕的，一字一万元，这还是一九八八年之前的“王定国行情”（后来转型成为建商才收摊），而且约定除非发现错别字，否则不能改我的字。以我那时候的嚣张气焰，打死也不可能成为一个温柔敦厚的小说家。然而就是有很多人喜欢我。后来成立永丰栈丽致酒店的那位董事长，还曾因为杀价不成，气呼呼的从他会议桌上跳起来，我以为他终于要下逐客令了，结果是他自己摔门走出去，十分钟后才回来和我签约。

到现在我才透露这段往事，自然已经没有炫耀的嫌疑了吧，我要说的是，当我如今每次从公司回来，偶尔打开计算机，用我不熟悉的指键，一个字，一个字，慢慢敲出多年以前就停顿下来的最爱，我就觉得我大概是在向文学赎罪吧，或者说我是借着文学重新找回那个可爱的、孤单的我吧。

文学里面是没有报酬率的。

没有见过面的杨照先生，去年突然在他的专栏文章里提到我写过的一本书，结尾他写了这段文字："之后，还没有忘情文学、忘情小说，继续依违于理想的闪亮与幻逝之间，究竟是什么力量，或什么执着，让王定国成为这样一个极其稀有、极其特别的人。一直到今天，我都还好奇着这个问题。"

我可以一并在这里回答吗？偶有稿费单寄到家里时，我太太会特别跑到银行换钱回来，然后悄悄放进我的床边抽屉里。她期待我会看到，而且有时我也刻意看着一次又一次，相对任何数字而言，只有抽屉里的稿费才能让我看到自己的灵魂。

初：你的回答让我回忆许多年少往事，你一定也不会遗忘的。我们这辈喜好文学的，当时虽然信息很少，但从不缺热情。我想起“阳光小集”还有我们聚会的伙伴，向阳，苦苓，刘克襄……我也还留有那时对你的印象，不多话，总是沉默地在一旁观察着什么，眼神很坚定的一个人。那“可爱的、孤单的我”，不就是每个写作者最初的神情样貌吗？多少年过了，大家也都经历各自的风各自的雨，如今尚能以文学相联系，算是没有违背初衷吧！你仍保有当年那个虽压抑却热血的灵魂，台面上虽然经商，但在台底下也一直默默“挹注”关心着文学，你究竟是个有心人哪。这些，我认为也得让不认识你的读者知道一点，是谁让你做那么多呀？

王：别看我好像滔滔不绝，世俗的皮相我反而不擅长应对，尤其你用了“挹注”这种字眼，我会害羞的，何况我真的没有做到什么，比起当今那么多前辈后进随时不忘付出文学末端的启蒙授业，我应该对自己的默不吭声表示愧疚才对。尽管很多人忧心文学市场好像正在失速坠落，但我是看好的，你们不就是无论如何也要把文学紧紧撑住的人嘛。文学世界里那么多人如今一样还在奋斗着，大抵都是为了要在漫长旅程中追求到那一分最后的美。

倒是你突然提起往日的“阳光小集”，我的感触反而比较深。

我作为一个商人而不庸俗，已经超过三十年。

不要想太多，这里没有夸口的意思，你听过台湾哪一个房地产业者还在三更半夜写小说吗？是什么伟大使命要我这样，没有的，就像没有任何人逼迫当时二十几岁的你们要成立阳光小集，还勒紧裤带开了那家位于中兴大学附近的文学书店。

那么，要说我凭什么不庸俗，那就顺便谈谈这家书店和我的因缘。我觉得任何人生理念的奋斗总有一个最难的收尾，书店关门这种事应该也要算在内才对，那些书何止是你们的血汗钱，那些仿佛越搬越多的书量是会把一个人的理性击垮的，何况它们远远超过了一大票台湾优秀诗人的全部体重。

那时你们都是阳光同仁，只有我不是。你们都是诗人，我则除了写点不成熟的小说，还要忙着跑单售屋来糊口。唯一堪可告慰的，那就是你们每位都是出钱的书店股东，而我幸亏没有那么惨。

我记得阳光小集需要四十万，或者说，股东一致认为那些剩书值得这四十万。四十万在那时候，大约就是中兴大学过了南门桥，往大里直走，到了雾峰的吉峰村，不杀价也买得下来的一栋平房别墅的价钱。那时我还没有多余的钱，但我一听到消息就跳出来把它接下了，卡车到的时候，我还不知道以后的命运，司机听到我要把书载到爬楼梯的成功大楼，马上踩断了他的烟蒂，非常痛心地把我搂到胸口说，阿揑啦，你添三百意思意思，啥咪苦拢我来。[1]

我这辈子应该再也没有机会突然一次拥有了这么多书。而所谓的“成功大楼”，也就是某报社一位广告记者自营的传播公司所在地，现在已经忘了第几个楼层，只记得通道很小，格子般的规划中有人开印社、书法社，有人养狗，也有退休老芋仔干脆当房间住下来的，但大多数人都嫌它没落而搬走了。这个朋友借我箱子一大堆，让我可以分批把书铺满上面，弄好之后刚好全部挡住了他们公司的大门口。

阳光小集解散后，留下我一个人在这里卖书。

从大楼搬出去的远比好奇走进来的还要多。怎么卖，选在人事版登分类广告，文案自己写，一行九个字，空格照算钱，写多会心疼，写少没人疼，只好连标点符号都弃用，勉强就我平素拉杂所学，每个字看起来呕心沥血，务求把我的售书情怀充溢字间，甚至连稍嫌不堪的恳求之意也都表在言中。

我为什么要说这些，如果要让我辈知道，应该不会保留到今天。我终于愿意主动说出这段往事，心里想到的无非就是来自多数读者对王定国的陌生，才有这样想把一个超级可爱的文学秘辛公开出来的念头。一般读者看排行榜买书并不奇怪，从知名度找作家也是人心之常，但我想让他们知道的是文学不只这样而已，

---

[1] 这样吧，你添个三百意思一下，什么苦都由我来承受。

现代文学在阳光小集那年代就一路走来了，还不包含半途归队的、自立门户的、成日把文学塞进肚子而越来越苍白的，但文学所能启发的巨大心灵在人生任何一个方位中其实都是存在着的，我鼓起勇气叙述阳光的难能可贵或是我的热爱痴狂，只是为了想要印证一个作家的诞生，是走过了多么漫长的歧路才忽然来到书店呈现在你的面前。

如果不累，不妨继续听下去吧，十个月后我还没把书卖完呢，第二年的某天下午，人家都下班了，而我只是忽然想要撒泡尿而已，但我终于趴在地上，像个黄昏出击的匍匐士兵，爬了五六分钟才攻下一座几步之远的小便池。我的椎间盘没有过去的病史，台中的荣总反而据此认定这是应该紧急开刀的案例。我没答应，因为妻子还没到手，何况她的医生哥哥也曾经悄悄来过了，压低了帽子，拿出那时的百元大钞，选了两本励志文集八十元，我送他到楼下，手里紧紧捏着被他推拒的二十块钱；突出的椎间盘害我走得很慢很辛酸，我看着他坐上了出租车，情急之下赶紧伸手朝他挥摇着，没注意到捏着的余钱突然滚落了下来，其中一个还像飞轮般滑到底盘下面，好像是要为我挡下即将绝尘而去的引擎声。

我了解不到那时他的心思有多烦杂，倘若我自己也有个妹妹，而我妹妹尽管天生丽质却也天生不要脸，那我怎么办，我同意吗，我会开口吗，我会说，嫁啦嫁啦，伊写小说一定稳达达啦，你看伊坐置册顶咧想代志，敢无亲像观音咧坐莲花吗？[1]

出租车消失后，我回头走，上身攀着楼梯扶手，右腿只能赖在下面拖行，既然走得慢，脑海就多出了时间，想着不开刀会怎样，写小说用得到腿吗，我只是忽然觉得配不上书堆里的这么多国内外作家而已啊，想到这里才终于忍不住眼泪，且在心里狠狠地大哭起来。

我觉得一个男人过了四十岁就不用再鬼扯了，他如果拥有光芒那就应该很早就有，譬如他敢爱，懂得承担，不怕死得快，只要够精彩。从小我学习的就是这种东西，没有人教也无所谓，寂寞不就是没有预兆而人人都有吗，只有孤独这种质感才比较麻烦，因为每个人对孤独的运用各有不同，像我的话，十岁就当起那个小偷了，然而我只是想把孤独丢进竹筒里面而已，没想到二十年后，四十年后，我还在把它当《圣经》一样的放在身边，为了成为一个不庸俗的商人而默默努力着。

对不起，只为了表达自己不庸俗，竟然说得这么多。

——原刊于《印刻文学生活志》2013年6月号第118期

[1] 嫁吧嫁吧，他写小说一定很稳，你看他坐在书上想事情，是不是很像观音坐莲？